LE FAUCON DÉNICHÉ

L'auteur

Jean-Côme Noguès est né à Castelnaudary en 1934.
Enseignant puis principal adjoint dans un lycée parisien,
il est aujourd'hui à la retraite et profite
de son temps libre pour écrire.
Il rencontre ses jeunes lecteurs
dans les écoles et les bibliothèques.

Du même auteur, dans la même collection :

L'homme qui a séduit le Soleil
Victor Hugo, la révolte d'un géant
L'enfant et la forêt
Le chemin des collines

Jean-Côme NOGUÈS

Le faucon déniché

Illustrations de Julien Delval

Nouvelle édition
revue et corrigée par l'auteur

POCKET JEUNESSE
PKJ·

Loi n° 49-956 du 16 juillet 1949 sur les publications
destinées à la jeunesse : janvier 2003.

ISBN 978-2-266-20357-9

1

Le nid

Le petit garçon se réveilla aux premières lueurs de l'aube qui pénétraient à travers le volet mal rabattu. Il se redressa sur un coude et inspecta la pénombre. Autour de lui, toute la famille dormait, couchée sur des grabats. Près de la cheminée aux tisons étouffés sous la cendre, le père ronflait, tourné vers le mur. La mère, étendue sur le côté, semblait se reposer à peine un instant, entre deux travaux. Dans les autres coins, les frères sommeillaient, les plus jeunes dans des paniers, les aînés sur une jonchée de paille.

Seule, une poule s'agitait sous la table et grattait le sol à la recherche d'un grain de blé qu'elle n'avait aucune chance de trouver. Dans la maison de Brichot, le bûcheron, un grain de blé était un grain de blé. On se serait baissé trois fois pour le ramasser plutôt que de le laisser se perdre.

Aucun bruit ne venait du dehors. Les chaumières étaient encore fermées à cette heure matinale. L'enfant quitta sa paillasse et traversa la salle sur la pointe des pieds. Le regard fixé sur ses parents dont il guettait le moindre signe de réveil, il retenait son souffle pour se faire plus silencieux. Il allait sortir, il avait déjà ouvert la vieille porte de bois noirci quand une voix l'appela de l'intérieur.

— Martin !

— Oui, mère.

— N'y va pas !

— Où ?

La femme s'était levée. Elle rejoignit son fils, toute maigre dans sa camisole de toile bise qui tombait sur ses pieds nus.

— Tu le sais bien. Ne parlons pas de cela. On pourrait nous entendre et nous en aurions du malheur, dit-elle à voix plus basse.

— Mais…

— Tais-toi ! C'est interdit aux manants. Pense à ton père, Martin, à tes frères. Notre seigneur est bon – Que Dieu l'ait en sa sainte garde ! – mais cela, il ne le pardonnerait pas.

— Mère, je vais les voir, simplement. Rien que les voir.

Martin sentait bien qu'il n'était pas sûr de tenir sa promesse. Il partit en courant. Sa mère le regarda s'éloigner, puis elle rentra et ne se recoucha pas. À quoi bon puisque le sommeil l'avait fuie ?

— Pourquoi s'est-il mis une telle idée en tête ? Dans sa mauvaise tête qui ne veut rien comprendre !

En même temps, elle se fit la remarque que Martin était, de tous ses fils, le plus doux, le plus docile, celui qui lui donnait le moins de mal.

— Sûr que nous en aurons du malheur !

Son mari se réveillait ; elle lui cacha ses craintes.

— Qu'as-tu, femme, à grommeler de bon matin ?

— C'est cette poule qui vient voler mon grain. Si je ne m'étais pas levée, elle l'aurait bien tout mangé !

Martin, pendant ce temps, dévalait le coteau. Il ne ralentit sa course que lorsqu'il fut en terrain plat. Une belle journée commençait qui mûrirait les moissons du Languedoc, qui gonflerait les grappes pour la plus grande richesse du baron

Guilhem Arnal de Soupex. Mais l'enfant marchait d'un bon pas et ne se préoccupait guère des récoltes. Il allait vers l'autre colline, celle qui portait les forêts.

À la lisière de ces forêts, il hésita. Il jeta un regard autour de lui, écouta la rumeur des champs, le long cri d'un geai quelque part dans les arbres. C'étaient là des bruits naturels qui ne l'inquiétèrent pas. Aussi pénétra-t-il sous les chênes.

La forêt sortait de la nuit avec une joie paisible. Les oiseaux s'ébrouaient avant de chanter le matin retrouvé. Dans les taillis et sur les mousses, tout un peuple de petits animaux se signalait par des frôlements, des herbes froissées, des basses branches un moment agitées qui se refermaient ensuite sur une queue blanche ou un plumage gris.

Martin ne partageait pas cette allégresse. Il avançait, l'oreille aux aguets, le cœur battant de crainte et aussi d'excitation. Il savait son chemin : la corne de bois à traverser et, de nouveau, la lisière avec une grande flaque d'eau dormante au creux de l'argile.

Là, s'élevait un pin qu'il avait repéré huit jours auparavant. Sur une branche presque inaccessible, un ancien nid de pie était accroché.

Martin, au pied de l'arbre, se dit que, s'il hésitait maintenant, il n'oserait plus jamais courir un tel risque. Un dernier regard, l'oreille encore une fois tendue :

« Rien. »

Le vent du matin dans les feuilles.

« Personne. »

Le sort était jeté. Tant pis. L'aventure de Martin commençait.

Il saisit le tronc à pleins bras, à pleines jambes et se hissa en s'écorchant aux écorces couleur de sang séché. La résine engluait ses doigts, ses pieds nus, comme pour le retenir en un piège, mais il montait toujours. Une branche, enfin ! Une autre. La longue escalade vers le sommet devenait presque aisée.

Et puis, les branches se firent plus minces. Elles ployèrent sous la charge, pourtant légère, du petit gardeur d'oies décidé à aller jusqu'au bout.

Martin arriva au nid. Il y fut reçu par un battement d'ailes désordonné, deux grands becs redoutables qui s'ouvrirent comme pour l'engloutir. Un des oiseaux s'élança dans le vide, essaya de voler, heurta une branche, boula, battit des ailes encore et atterrit enfin à une vingtaine de pas de l'arbre.

Martin le suivit des yeux, de l'angoisse plein le cœur.

« Il va se tuer ! Je vais le perdre dans le taillis ! »

Il en oublia l'autre oiseau. Il dégringola le long du tronc, presque aussi vite que le fuyard. Avec une témérité folle, il se laissa tomber dans l'herbe du haut de la dernière fourche.

Ses pieds s'étaient endurcis le long des chemins, ses chevilles, à tant sauter les fossés, avaient acquis une solidité qui lui permit d'arriver à bon port. Aussitôt, il poursuivit la boule de plumes gris ardoise qui tentait de s'échapper.

C'était un faucon hobereau d'une vingtaine de jours.

L'oiseau, tout de suite, engagea la lutte. Il se mit sur le dos, découvrant ainsi des culottes rousses d'où surgissaient des pattes redoutablement armées de griffes recourbées.

Martin comprit qu'il fallait relever le défi. Il ôta son surcot et le roula autour de la main. Le faucon mit ce temps à profit pour essayer de s'enfuir encore au milieu des herbes qui s'agrippaient à ses plumes. L'enfant le rejoignit au moment où il allait disparaître sous un buisson. De nouveau, l'oiseau fit face, couché sur le dos, les serres crispées, le bec entrouvert par une sorte de halètement.

Sans quitter des yeux l'œil très perçant qui le fixait avec colère, Martin se jeta sur la bête. Il sentit, à travers l'étoffe, le frémissement du corps qui se débattait. Une griffe, jaillie de la toile, vint érafler son poignet sans qu'il lâchât prise.

— Doucement, mon beau, mon mignon, doucement, chanta-t-il à mi-voix.

L'oiseau ne se défendait plus. Il était vaincu.

Quelques plumes, restées sur l'herbe, attestaient le combat. Il fallait les faire disparaître pour ne pas éveiller les soupçons du fauconnier. Martin les glissa sous une pierre.

Là-haut, à la cime du pin, les parents revenus volaient autour du nid. Leurs ailes, en forme de faux, se détachaient sur le bleu du ciel. Et ils criaient ! Ils criaient si fort qu'on devait les entendre du village !

— Ne vont-ils pas se taire ? s'alarmait Martin.

Tout était commencé, maintenant. Il ne pouvait plus revenir en arrière.

— Alors, qu'ils se taisent ! Qu'ils se taisent !

Il se hâta de fuir la colère des rapaces. Il serra sous son bras l'oiseau prisonnier de son surcot et s'éloigna à grandes enjambées.

Mais, en même temps, il aperçut sur la colline, devant lui, la masse redoutable du château seigneurial. Et c'était une bien grande menace.

Les murailles éclaboussées par le soleil levant lui parurent plus oppressives encore. Elles écrasaient de tout leur poids le village aux chaumines éparpillées.

Martin repensa à sa mère qui l'avait mis en garde. Elle avait su l'interroger, deviner à des riens cette grande envie qu'il avait, lui, pauvre petit paysan, de posséder un oiseau qui lui appartiendrait, un oiseau magnifique qui ne tuerait que pour vivre et qui ne se poserait sur le poing que pour obéir à l'amitié.

« Tu sais bien que c'est un privilège réservé au seigneur, Martin, et que tu n'as pas le droit de dénicher ces oiseaux ! »

Martin avait passé outre. Il désirait tant avoir un compagnon de jeux qui ne serait qu'à lui ! Et s'il avait choisi un faucon au lieu d'une corneille ou d'une tourterelle, c'était pour le plaisir d'apprivoiser un animal difficile, un oiseau de proie. Le seigneur en avait bien assez pour ses chasses !

Au pied de la colline, dans une ruine que personne ne visitait, l'enfant cacherait son faucon.

Il lui construirait une cage. Nul ne le saurait jamais. Jamais !

Un nuage voila le soleil. Une ombre courut sur la campagne, grimpa au flanc de la colline. Les lourdes murailles devinrent presque noires.

Le sire Guilhem, au même instant, se doutait-il qu'un des serfs avait transgressé sa loi ?

2

Le fauconnier

Les semaines passèrent… L'été arrivait à ses derniers jours. Le soleil, moins chaud, ne brûlait plus la campagne, mais il réchauffait encore le vilain qui marchait derrière la charrue, de l'aube jusqu'au soir.

Devant les bœufs, des compagnies de perdreaux couraient sur la terre brune et l'homme songeait à la marmite, si pauvre, où bouillait la soupe de fèves.

Mais le seigneur préparait de grandes chasses : ce n'était pas le moment de braconner. Les collets étaient interdits à cette époque de l'année. Ainsi donc, mieux valait manger son pain en pensant à autre chose !

Martin, quant à lui, n'avait pas oublié tout à fait son inquiétude. Elle avait été forte, elle l'avait tourmenté longtemps. Combien de fois, la nuit, n'avait-il pas vu en rêve le visage terrible du fauconnier, sa main gantée de cuir, sa joie féroce en découvrant le coupable !

L'enfant se dressait alors sur son grabat, haletant, le regard égaré. Parfois même, un cri lui échappait et la mère, soucieuse, se demandait si son fils n'était pas possédé du démon.

Puis il y pensa un peu moins. Tous les soirs, à l'heure où les hobereaux aiment partir en chasse, il courait à la vieille maison. Un reste de crainte lui faisait inspecter les abords avant d'entrer. Il contournait les murs croulants, prêtait l'oreille, n'entendait rien.

Au flanc du coteau, des vendangeurs cueillaient encore les dernières grappes. Un troupeau de moutons s'en revenait au village. Un muletier chantait. Il y avait sur toute la campagne comme une grande paix. Et pourtant, à chaque rendez-vous, la crainte se changeait en angoisse au moment d'entrer dans la masure.

« S'il n'y était plus ? se disait Martin. Si on l'avait découvert ? »

En général, cette pensée emportait ses dernières hésitations. Il se jetait à l'intérieur, écartait les branches du sureau qui cachait, dans un creux de la muraille, son trésor interdit : une cage en verges de saule tressées.

Dans cette cage, le plus beau faucon hobereau que seigneur pût désirer : une tête fine ornée de deux moustaches noires ; un ventre ivoire rayé de sombre ; des pattes jaune vif dont les serres égratignaient l'écorce du perchoir ; des ailes, surtout, magnifiques, longues, pointues, bordées d'encre.

— Tu es brave, mon faucon !

Martin ne pouvait contenir sa fierté. Lui, le petit serf aux pieds nus, il enlevait son surcot, l'enroulait autour de sa main, ouvrait la cage et recevait sur son poing le rapace docile.

— Viens, mon doux, viens, tu vas manger.

Un soir comme tous les autres soirs. Il faisait presque nuit. Près de la ruine, la mare reflétait le ciel encore clair entre les feuillages. Le soleil s'était longtemps attardé à la crête des collines mais il avait disparu enfin. Le seigneur était rentré de la chasse. Il y avait même, ce soir-là, un ménestrel au château. Martin l'avait rencontré en chemin. Que pouvaient craindre les deux amis ?

— Va, mon beau, va ! Et reviens !

Le hobereau déploya ses ailes et cela fit un froissement soyeux à peine perceptible. Déjà, il s'était enlevé. Plus rapide que le martinet qui allait y perdre la vie, plus silencieux que la chauve-souris engloutie en plein vol, il sillonnait le ciel.

Martin le suivait des yeux, taraudé d'incertitude quand il se fondait dans l'air du soir, plus alarmé encore quand il volait en direction du village où les gens du château pouvaient le remarquer.

« Pourquoi va-t-il si loin ? Il se fera découvrir ! »

Le jeune garçon modula un sifflement très doux, très long, qui était un ordre pour l'oiseau. Puis il attendit. Interminable attente. Une amitié se jouait en ce temps si court qui paraissait un siècle à Martin.

« Reviendra-t-il... ? S'il ne revenait pas... ? On dit les hobereaux fantasques. Maints d'entre eux ont résisté au dressage. Peut-être l'ami va-t-il préférer la liberté. »

Martin sentait son cœur qui battait, qui battait. Il fixait le ciel de plus en plus sombre, il attendait. Cette attente inquiète, renouvelée tous les soirs, l'épuisait et l'excitait comme un jeu dangereux.

Et puis son cœur se dénoua. Ses yeux, douloureux de tant fixer la nuit, retrouvèrent le battement de leurs paupières.

Car un point sortait de l'ombre, plus noir qu'elle. Il grossit, il grossit, il prit forme. Il avait deux ailes ! Il approchait !

« C'est lui ! »

Martin, gonflé de joie, tendit son bras et reçut le faucon qui s'y posa en silence.

— Tu m'as fait peur, grand diable ! Tu me fais toujours peur !

D'un doigt, il lissa les plumes de la tête, sur cette traînée plus claire, au-dessus de l'œil, qui ressemblait à un sourcil froncé. L'oiseau se laissa caresser. Il avait mangé à satiété et cette amitié qu'il donnait, il l'avait librement consentie.

— Tu ne seras jamais un tueur comme les faucons du seigneur Guilhem, lui murmura Martin. Je te cacherai si bien que personne, jamais, ne te trouvera. Tu ne tueras que pour manger. Il le faut bien puisque tu es né rapace. Mais pas de ces massacres que le fauconnier aime tant. Nous resterons amis, tous les deux. Je t'en prie, ne va pas trop loin. J'ai si peur que tu ne reviennes pas !

Maintenant que l'oiseau avait mangé, c'était le moment de jouer, le moment que préférait Martin. Il lança le faucon et courut à toutes jambes jusqu'à la ruine. Au-dessus de sa tête, les grandes ailes battaient l'air et planaient, calquant leur vitesse sur la sienne.

Martin était essoufflé mais il courait toujours, le jeu devait durer longtemps. Il ne cessa qu'au pied de la colline, là où la ruine dissimulait le secret au bord d'un marais fangeux.

L'enfant y arriva hors d'haleine. Il se coucha sur le dos, face au ciel, les bras en croix, pour mieux regarder l'oiseau qui décrivait des cercles patients en attendant que s'offrît de nouveau le poing sur lequel il avait l'habitude de se poser.

L'air du soir séchait la sueur sur le torse nu de Martin qui tressaillit de froid et d'orgueil.

— Personne, jamais, ne nous séparera. Personne !

Il se releva et tendit le bras. Une nouvelle fois le sifflement, mais plus bref, plus impératif. Le hobereau descendit et se percha. Ses griffes se crispèrent sur le surcot sans le déchirer, sans en traverser la toile.

Martin, tout fondant de reconnaissance, posa un baiser sur le crâne lisse.

— Allons, il faut rentrer. Finie, la promenade. Demain, je reviendrai. Nous irons très loin, tous les deux, jusqu'aux collines de Montmaur... Il faut que je parte. La mère s'inquiéterait si je tardais encore.

Il avait besoin de se rassurer, de murmurer mille promesses qui préviendraient peut-être le destin. Tant de dangers à éviter, tant de colère si on les découvrait !

Elle avait eu si peur, la mère, le jour où elle avait éventé le secret ! Pauvre femme qui était toujours à trembler. Une fois à cause des soldats, une autre fois pour les récoltes et maintenant parce que son fils s'était mis dans la tête de dénicher un oiseau de proie qu'il disputait au seigneur.

« N'y pensons plus, se dit l'enfant. Personne, jamais, ne saura ! »

La vieille maison était là, accroupie au bord de l'eau, faiblement éclairée par la lune. Elle était paisible et rassurante. Pas un bruit ne sortait de ses murs, pas un mouvement de feuille ou d'herbe ne venait apporter de vie. Même le vent s'était assoupi. Tout était calme.

Martin écarta les ronces, il escalada les pierres croulantes, et entra, et s'arrêta soudain.

Un homme se tenait immobile près du sureau. Le garçon, malgré la nuit maintenant close, ne put douter de son malheur.

Il venait de reconnaître le fauconnier du château.

— Je t'attendais.

L'homme ne bougeait toujours pas, noir dans le clair de lune, la cage renversée à ses pieds. On aurait dit une apparition effrayante.

— J'ai découvert ton audace, prononça-t-il. Comme cela !... Par hasard. Un hasard que j'ai aidé, d'ailleurs, car rien n'échappe à ma vigilance. J'aime à me promener dans la campagne. On y surprend des choses qu'un fauconnier doit savoir s'il veut rester à la hauteur de sa tâche.

Il prenait son temps. Il tenait enfin le sujet indocile et il ne dédaignait pas de savourer cette situation dans laquelle il était le plus fort.

— Ne compte pas sur mon indulgence, je n'en aurai pas. Depuis quand les serfs dénichent-ils les faucons ?

Martin, d'abord, demeura sans voix. Sa surprise avait été trop grande et sa frayeur aussi. Sur son poing levé, l'oiseau avait l'immobilité du bronze.

— Tu sais qu'ils appartiennent au seigneur, reprit le fauconnier, et tu sais aussi comment on punit ceux qui osent désobéir.

— Je ne l'ai pas déniché. Je voulais seulement le voir...

— Le voir !

— Oui, le voir. Il est tombé du nid. Je l'ai ramassé dans les herbes. Je ne pouvais pas le rapporter au nid, les parents étaient furieux.

— Ce n'était pas au nid qu'il fallait le rapporter, vaurien, c'était au château.

L'enfant comprit qu'il n'arriverait pas à le convaincre.

— Je vous en prie, maître fauconnier, laissez-le-moi ! Je vous trouverai d'autres oiseaux, mais laissez-moi celui-ci !

— De quel droit aurais-tu ce privilège ? Tous les faucons sont nécessaires aux chasses du seigneur.

— Mais celui-ci ne sait pas chasser ! Il n'a pas été dressé pour cela.

— Il le sera.

— Il le sera ?

— Oui.

— Jamais !

Une colère froide s'était emparée de Martin, une rage démesurée d'enfant privé de son bien. À quoi bon expliquer, se justifier, puisque la partie était perdue d'avance ?

Il serra l'oiseau contre sa poitrine et, de sa main nue, il arracha trois rémiges d'une aile.

— Il ne volera plus, cria-t-il aussi fort qu'il put. Il ne servira pas !

D'un mouvement de tout son corps, il ouvrit les bras. L'oiseau, lancé dans l'air, déploya ses ailes mais, désorienté par un déséquilibre inattendu, il alla se poser sur le sureau.

— Tu… Tu as osé ! gémit le fauconnier d'une voix rauque.

Il ne trouvait pas les mots pour dire son indignation. La colère l'étouffait. Tout s'était déroulé avec une telle rapidité qu'il n'avait pu intervenir à temps.

Martin s'enfuit. Il escalada l'amas de pierres qui obstruait le passage. S'il gagnait le sentier, il était sauvé.

— Gardes !

Une ombre, jaillie des murailles, se précipita à la poursuite du fugitif. Le fauconnier avait tout prévu. Il avait placé un de ses hommes dans un coin, prêt à intervenir. Mais Martin était sûr de courir plus vite que tous les lourdauds du château. Cet appel décupla son énergie. Il ne savait pas où il se cacherait, ce qu'il ferait ensuite. Ce n'était pas le moment de penser à tout cela. Il savait seulement qu'il ne fallait pas se laisser rattraper.

Il sauta sur le chemin. Encore quelques enjambées et il serait sauvé.

Une deuxième ombre se dressa devant lui, si promptement qu'il vint s'y heurter. Deux bras l'enveloppèrent. Il se débattit comme un beau diable, distribuant des coups de pied, tirant de toutes ses forces pour se dégager.

— Lâchez-moi ! Lâchez-moi !

La lutte était trop inégale. Ses bras, repliés dans le dos par des poignes inébranlables, lui interdisaient tout mouvement. On le poussa dans la ruine et il fut de nouveau devant son ennemi.

— Un si bel oiseau ! Suppôt de Satan ! Misérable vermine ! Un si bel oiseau ! Un hobereau merveilleux !…

Le rapace restait sur sa branche, immobile. Planté au milieu des orties, impuissant, malheureux, Martin assista à un spectacle qui fit déborder son cœur de rage : le fauconnier s'avança vers l'arbre, sans hâte. Sa main gantée de velours s'éleva, lentement, lentement. Sa voix modula un son étrange puis une sorte de sifflotement très doux.

L'oiseau ouvrit les ailes qui firent, dans la nuit, deux longues ombres à peine visibles. Le gant de velours le frôla, cependant que la voix devenait plus doucereuse encore.

La bête, fascinée, obéit à un ordre secret. Quand les doigts de l'homme vinrent se ranger contre la branche, les serres, sans hésitation, changèrent de perchoir.

— Viens, mon mignon, viens, murmura le fauconnier. Il t'a mutilé, le vilain drôle, mais je sais le remède. Je possède les plumes qui te manquent. Je les ai recueillies sur des faucons morts. Je te ferai un empennage. Tu seras le plus beau rameur de ma fauconnerie.

L'homme avait oublié le lieu, l'heure tardive. Une passion farouche l'habitait, insatiable, toujours plus exigeante. À chaque rapace qu'il découvrait, une exaltation s'emparait de lui, l'espoir d'avoir trouvé enfin l'oiseau le plus féroce, le plus avide, celui qui, par sa cruauté, renouvellerait les plaisirs de la chasse au vol.

— Je fixerai tes plumes avec une aiguille trempée dans du vinaigre et elles seront solidement plantées et tu seras aussi rapide que les gerfauts. Je sais les secrets des fauconniers antiques, mon beau. Le maître t'appréciera à ta juste valeur.

On ne le voyait presque plus, tant la nuit était noire.

Sa voix, seule, marquait sa présence et elle était très douce, caressante, inquiétante.

Tout en parlant, il sortit d'une bourse fixée à sa ceinture un capuchon de cuir qu'il abattit prestement sur la tête du faucon. À cet instant même, en dépit de la cage qu'il avait déjà connue et de son amitié pour un enfant, l'oiseau venait de perdre la liberté.

— Il est à moi ! s'écria Martin. Rendez-le-moi !

Il se remit à lutter désespérément, à ruer, à mordre. Les soldats resserrèrent leurs gros doigts. Il dut s'avouer vaincu.

— Il est à moi !

Sa dernière protestation se perdit dans un sanglot.

Le fauconnier s'arracha un instant à ses projets de dressage. Il venait de se souvenir qu'il y avait là, dans la masure en ruine, un jeune serf qui avait enfreint les lois féodales.

— Qu'on l'emmène ! ordonna-t-il.

Martin se retrouva sur le sentier. Cette heure qu'il avait tant de fois redoutée, voilà qu'elle était venue. Il ne reverrait plus l'oiseau.

La tête basse, les poings liés, il avançait, indifférent à tout ce qui l'entourait. S'il ralentissait sa marche, s'il jetait un regard de côté, il recevait une grande bourrade qui le faisait buter sur les pierres du chemin.

— Avance !

Et il allait, des larmes plein les yeux. Quelque part dans la nuit, derrière le petit groupe, l'homme au faucon captif savourait sa victoire.

Au pied de la colline, Martin n'oublia pas sa peine mais il sortit de son indifférence pour le monde extérieur. Où le conduisait-on ? Sûrement chez son père. Quelle volée de bois vert il allait recevoir ! Il imaginait déjà la scène. Pour calmer la colère du fauconnier et se montrer bon serf obéissant, le père lui administrerait une de ces corrections dont il avait le secret.

« Je ne dirai pas un mot ! décida Martin. Pas un cri ! »

En arrivant au village, fort de sa résolution, il prit, de lui-même, la direction de la chaumière.

— À gauche !

Il sentit dans les côtes la pointe d'une lance qui lui indiquait le chemin. On ne le ramenait pas chez son père. À travers le village endormi, c'était au château qu'on le conduisait.

« Mon Dieu ! Que va-t-on faire de moi ? »

Une épouvante le saisit. Ses jambes ne le portèrent plus, son cœur lui fit mal à battre si fort. Au bord des douves, il eut envie de se jeter à l'eau pour fuir encore, pour profiter de la dernière chance. Mais, déjà, le pont-levis s'abaissait.

Martin fut poussé en avant. Il pénétra dans la cour. Il entendit avec effroi les chaînes qui grinçaient derrière lui. Le pont-levis revint s'appliquer contre la porte et la herse tomba.

— Maître fauconnier, qu'en faisons-nous ? demandèrent les gardes.

L’homme eut un regard distrait. Un serf n’avait pas d’importance, mais il fallait punir celui-ci pour préserver tous les faucons à venir, pour qu’une telle audace ne se renouvelât pas.

— Qu’on le mette au cachot, dit-il. J’en parlerai au seigneur et il décidera.

3

En prison

Martin reçut une nouvelle bourrade.

— Allez ! Dépêche-toi, grogna un des soldats. Voilà un bout de temps qu'il nous fait courir la campagne à cause de toi !

— Où me menez-vous ? demanda le garçon de plus en plus effrayé.

— Tu n'as pas entendu ?

— Je n'ai rien fait de mal ! Lâchez-moi !

Le garde eut un haussement d'épaules.

— Ne te fatigue pas. Nous, on fait ce qu'on nous dit.

Il n'y avait rien à espérer. Martin abandonna toute résistance. Il se laissa conduire vers une tour dans laquelle il pénétra par une porte basse. Là, sur les grandes dalles grises, les soldats s'arrêtèrent.

— Faudrait peut-être le descendre à la cave, suggéra l'un d'eux.

— Tu as vu l'âge qu'il a ? On va tout de même pas le faire moisir dans cette humidité. Le seigneur, pour sûr, n'aimerait pas beaucoup ça.

Le garde décrocha une torche qui flambait contre la muraille et dit avant de s'engager dans un escalier étroit :

— Allez ! Passe devant !

Les marches succédèrent aux marches. L'escalier tournait sur lui-même. Martin, docilement, montait vers la prison.

Il essaya de chasser sa peur. Demain, sans doute, sire Guilhem demanderait à le voir. Il lui pardonnerait quand il saurait que ce n'était pas pour chasser que Martin avait déniché le faucon. Il lui dirait que…

Et puis ce n'était pas le moment de réfléchir ! Il serait bien temps de s'abandonner à ses pensées au cours de la longue nuit qui allait suivre !

Les gardes, derrière Martin, s'essoufflaient dans la montée tout en pestant contre la hauteur des tours, contre l'heure tardive et le service qui ne finissait jamais. Enfin, ils s'arrêtèrent. L'un d'eux ouvrit une petite porte.

— Te voici chez toi.

— Attendez ! coupa Martin. Vous ne voulez pas prévenir mon père ? Il ne sait rien. Il ne sait pas ce qui m'est arrivé.

Pour éviter à sa famille d'éventuelles représailles, il se hâta d'ajouter :

— Il n'était au courant de rien.

— La consigne, grommela l'homme, sans conviction.

— Oui, d'accord. Mais je ne suis pas un prisonnier bien dangereux, moi. Qu'est-ce que j'ai fait, hein ? J'ai déniché un oiseau !

— Dame ! Un faucon !

— Eh bien, quoi, un faucon ? Est-ce qu'il en manquerait par chez nous ? Est-ce que le seigneur n'en a pas assez dans ses cages ?

Les gardes se mirent à rire. La faconde de Martin les amusait et ils n'avaient pas tous les jours l'occasion de se divertir.

— Dis donc, blanc-bec, tu es bien bavard ! On verra ça demain !

— S'il a du bon vin derrière ses fagots, ton père, on ne dit pas non !

Ils refermèrent la porte. Martin entendit dans l'escalier le bruit de leurs pas qui diminuait.

Puis, ce fut le silence, la nuit étoilée en cet automne clément. Par l'ouverture étroite que nul volet ne fermait, la lune éclairait une botte de paille jetée dans un coin. Depuis quand était-elle là, cette gerbe ? Et combien de prisonniers avait-elle reçus ?

Martin eut le sentiment que, dans ce réduit, on l'oublierait toujours. Il fit le tour des murs, et effleura les pierres d'une main craintive. Il eut peur. Peur d'attendre le matin dans la demi-obscurité où, peu à peu, renaissaient des hululements et des...

Il prêta l'oreille. C'était bien ça ! Ce frôlement dans la paille, ce grignotement ravageur, on ne pouvait s'y tromper : un rat ! Affamé, sans doute !

Deux !... Trois !

Les récits terrifiants qu'on racontait dans les veillées d'hiver lui revinrent en mémoire, toutes les histoires de prisonniers dévorés qu'il avait entendues pendant qu'il se brûlait les doigts à décortiquer des châtaignes.

Maintenant, il se trouvait, lui aussi, face à ces bêtes immondes. Il recula autant qu'il put et se plaqua contre la muraille. Dans la pénombre, les rats, maîtres des lieux, visitaient la paille, trottinaient, se dressaient sur leurs pattes de derrière, le museau fureteur toujours en mouvement.

L’un d’eux, plus hardi, s’approcha des pieds de Martin.

— Va-t’en, sale bête !

Il n’avait pas envie de partir. Le garçon sentit avec dégoût le nez de l’animal sur ses orteils. Il ne put en supporter davantage. D’un élan désespéré, il s’accrocha au rebord de la fenêtre, se hissa, s’assit enfin.

Un vertige le saisit qui lui fit fermer les yeux. Il avait juste la place de se tenir sur cette étroite plate-forme. Sous lui, il vit la tour dont le bas se perdait dans l’obscurité des remparts, un créneau qui aurait pu permettre une évasion s’il n’avait été si éloigné de l’ouverture et puis, par-delà l’enceinte, la campagne étrange sous la lumière froide de la lune.

Comme elle était silencieuse, et lointaine, et mystérieuse, la campagne vue de si haut ! Étaient-ce les mêmes bois, les mêmes champs qui avaient abrité les jeux du petit garçon et du faucon ?

Martin sentit un regret monter à son cœur. Toute cette liberté inaccessible ! Il décida de rester là jusqu’au matin. Il dut lutter contre le froid qui transperçait son surcot de mauvaise toile. Il dut lutter contre le sommeil. Un moment, son front vint se poser sur ses genoux et tout disparut : la prison accrochée en plein ciel, les rats, le souvenir du faucon. Tout se brouilla. Martin dormait.

À son réveil, il frissonna d'effroi. L'aube, en chassant les trous d'ombre, redonnait à la tour toute sa hauteur. Un mouvement, un soubresaut pendant ces heures d'abandon et c'eût été la chute dans les lices.

Le pays sortait de la nuit. Les collines bleuissaient. Le vent jouait dans les herbes le long du chemin qui se perdait à l'horizon.

« Un vrai poste de guet, se dit le prisonnier. On voit jusqu'à Montmaur. »

Combien de temps allait-il falloir passer dans cette pièce étroite ? Il commençait à avoir faim, il grelottait un peu. Heureusement, les rats avaient disparu aux premières lueurs du jour. Martin sauta dans la cellule. Il alla inspecter la porte de bois dur armé de clous, la serrure de fer qui saurait traverser les âges, les pierres du mur, épaisses, rugueuses, inébranlables.

Un découragement le prit. Il se mit à pleurer. Sans bruit. Les larmes coulaient sur ses joues, il les essuyait de la main et se barbouillait. Il attendait. Que pouvait-il faire d'autre ? Crier ? À quoi bon ? Sa voix se perdrait dans l'escalier,

dans les grandes salles désertes, sur le chemin de ronde où les soldats ne prêteraient même pas l'oreille.

Il pleura longtemps. À la paille souillée par les rats, il préféra les dalles froides. Il se coucha, le visage au creux du bras, et resta ainsi pendant un grand moment.

Soudain, il entendit une clef jouer dans la serrure. D'un bond il fut debout. Enfin ! L'heure de la délivrance arrivait ! On venait le chercher. Sans doute sire Guilhem l'attendait-il dans la salle basse.

Le cœur en fête, il regarda le vantail qui tournait en grinçant.

« Je suis ici ! » allait-il crier.

Mais aucun son ne sortit de sa bouche. Il vit celui qui entrait et, tout de suite, il comprit combien il s'était trompé.

C'était un vieux serviteur du château, aussi gris que les murailles. Il referma la porte avec soin et alla jusqu'au centre de la cellule sans s'occuper le moins du monde de Martin. On aurait dit qu'il circulait dans une pièce vide.

Il s'arrêta avant de regarder le coin de ciel à travers la fenêtre.

— Va pleuvoir, marmonna-t-il.

Il eut, pour dire cela, un ton accablé que ne justifiait pas l'état du ciel. Puis, après avoir secoué sa vieille tête pour exprimer toute sa résignation mal consentie, il sortit enfin de dessous son manteau une miche de pain et ensuite une cruche dont il renversa un peu du contenu, tant sa main tremblait.

— Voilà pour toi, dit-il avec indifférence.

Il s'en retournait déjà vers la porte. Martin, plus rapide, se plaqua contre le bois.

— Attendez ! cria-t-il. Quand va-t-on me faire sortir d'ici ?

Le vieillard tira sur sa barbe qui se perdait dans les plis du manteau et, sans répondre, il écarta l'enfant. Celui-ci n'osa pas opposer de résistance.

— Dites, je vous en prie. Quand va-t-on me relâcher ? Quand le seigneur va-t-il m'appeler ?

L'homme le regarda.

Il y avait dans ses yeux, mêlée à une vague sympathie, la surprise qu'une question aussi saugrenue faisait naître.

— Le sait-il seulement que tu es là ?

Martin recula de stupeur. Il laissa son geôlier ouvrir la porte, la refermer. Il entendit la clef grincer dans la serrure. Il venait de comprendre qu'il se trouvait entre les mains du maître fauconnier.

Les paroles du vieux tournaient dans sa tête : « Le sait-il seulement que tu es là ? » Est-ce que le fauconnier le garderait enfermé, de sa propre autorité, sans prévenir sire Guilhem ? Mais alors, Martin était perdu !

« Jamais il ne me pardonnera d'avoir déniché un faucon. La chasse au vol est sa passion. Je suis sûr que jamais il ne me pardonnera ! »

Les murailles lui parurent plus épaisses, la porte plus massive, plus haute la fenêtre. Reverrait-il un jour la campagne ? Il eut envie d'échapper autant que possible à cet emprisonnement, de respirer l'air du dehors. Il atteignit d'un bond la fenêtre. Les doigts crispés, il grimpa : un bras, puis l'autre, un nouvel appui, un coup de reins.

Recroquevillé sur le rebord de pierre, entre le pays perdu et le cachot, il eut tout le loisir d'établir des comparaisons.

Le ciel était bleu, le soleil très doux. Les bois, là-bas, avaient une teinte rousse que Martin remarqua pour la première fois.

Près de la paille, la cruche était brune, et brune aussi la croûte de la miche.

« Je ne mangerai pas de leur pain ! Je n'en veux pas ! Je ne mangerai rien jusqu'à ce qu'on me tire d'ici. Et tant pis si je meurs ! »

Si seulement on pouvait se laisser mourir de faim sans avoir envie de manger ! Peu à peu les crampes d'estomac se firent tellement douloureuses que Martin descendit de son observatoire et s'approcha de la cruche.

S'il buvait un peu d'eau, rien qu'une gorgée, est-ce que cela se verrait ?

Il en but deux.

Et ce petit morceau de pain, le verrait-on s'il le mangeait ?

Il s'assit, le dos à la muraille. Lentement, l'esprit ailleurs, miette après miette, il dévora tout un quignon.

À ce compte-là, autant boire aussi le reste de la cruche ! Si les rats avaient espéré faire un bon repas, ils seraient bien déçus !

Martin, sa faim un peu calmée, entreprit d'étudier la situation avec plus de lucidité et il arriva à cette conclusion : il était à la merci du fauconnier, il fallait avertir le seigneur. Pour cela, un seul moyen possible : le geôlier.

Il attendit le retour du vieillard avec une grande impatience. La journée passa, la nuit aussi. En fait de visite, il eut celle des rats qui, dans le noir, menèrent une sarabande effrénée.

Au matin, le geôlier ouvrit la porte avec les mêmes gestes minutieux. Il la referma avec une précaution qu'on devinait sans faille et, planté de nouveau au milieu de la cellule, il grommela comme la veille :

— Va pleuvoir !

— Mais non ! Il fait beau ! Le ciel est bleu ! répondit Martin en se forçant à la gaieté.

— Va pleuvoir, c'est sûr ! Y a un nuage.

— Bah ! Il est si petit. Pourquoi craignez-vous tant la pluie ?

Le geôlier, pour la première fois, sembla remarquer vraiment la présence de l'enfant. Il fixa Martin de ses yeux gris et dit en tirant sur sa barbe, d'un geste qui lui était familier :

— J'ai trop reçu de pluie sur le dos.

Jamais encore il n'avait fait une aussi longue phrase. Ce n'était pas le moment de laisser tomber la conversation.

« Il faut que je parle, que je parle à tout prix », se disait Martin.

Et une petite voix, au fond de son esprit, commençait à murmurer :

« Si tu pouvais t'emparer de la clef qui est quelque part dans les plis du manteau… Si tu réussissais à ouvrir la porte, est-ce que ce vieillard courrait aussi vite que toi dans l'escalier ? »

— Il y a longtemps que vous êtes au château ?

— Trop longtemps.

— Et avant ?

— Avant !

La trogne ridée du gardien s'éclaira. Ses yeux devinrent subitement tout humides d'émotion. Un sourire, à peine esquissé, sortit du fouillis de sa barbe.

— Avant, petit, j'étais jongleur !

— Vous faisiez des tours ? Vous connaissiez des chansons ? demanda Martin en s'approchant jusqu'à frôler le manteau.

— J'allais de château en château et je jouais du luth.

— Vous aviez un ours ?

— Oh ! non. Je n'étais pas assez riche pour acheter un ours, mais il n'y avait pas, en Languedoc, de meilleur conteur que moi.

— Vous devez en avoir vu du pays !

Aux questions de Martin, dites d'une voix haletante qui cachait mal son angoisse, répondait la voix tantôt rêveuse, tantôt chaude d'exaltation du vieux ménestrel rappelant son passé.

— Tout le pays d'Oc ! Les neiges des Cévennes dans lesquelles j'ai failli me perdre tant de fois ; la Garonne si belle ; les plages de Narbonne, plates, avec un soleil qui cuisait…

Il n'était plus dans la cellule, il cheminait, par la pensée, sur les sables de l'embouchure de l'Aude.

— J'allais par les chemins, mon luth en bandoulière. Le vent soufflait. Des oiseaux de mer sortaient des étangs…

— Vous aimez les oiseaux ?

— Oui, je les aime. Enfin, je les aimais. Maintenant je suis trop vieux, je ne sais plus ce que j'aime.

— Vous aimez vous souvenir de ce temps-là, dit Martin en glissant une main dans les plis du manteau.

— Ah ! la liberté de toutes ces années ! J'étais jeune, je croyais que la pluie qui tombait sur mon dos, que le vent qui traversait ma cotte ne pouvaient rien contre moi. À présent, je redoute l'humidité de ce château. Mes douleurs reviennent quand apparaît un nuage. Sûr qu'il va pleuvoir.

— Non, il fera beau !

Martin venait de toucher, du bout des doigts, la clef suspendue à un cordon. Et ce cordon était mal noué. Il n'y avait qu'à tirer tout doucement, tout doucement. Mais il fallait parler, endormir la méfiance du vieillard, dire n'importe quoi pourvu qu'il n'y eût pas de silence.

— Vous faisiez des tours d'acrobate ?

— Les plus extraordinaires ! Je jonglais avec quatre torches. En me voyant lancer le feu vers le ciel, si vite que j'étais comme enveloppé de flammes, les châtelaines criaient d'effroi.

— Ce devait être terrible.

— Terrible, tu l'as dit.

La clef venait de glisser le long du cordon dénoué.

— Alors, pour les rassurer, je jouais quelques notes très douces, une musique de source ou de cœur qui soupire. Puis, je chantais les exploits des chevaliers de jadis et je voyais des larmes dans leurs yeux.

« Je la tiens. »

— Les dames me remerciaient d'un sourire et me priaient de rester un jour de plus.

Le geôlier revivait sa jeunesse, tous ses succès de baladin d'un autre âge. Lui, le muet, le sombre, l'aigri, une fois lancé sur son sujet favori était intarissable.

— L'époque n'est plus la même. Les traditions se perdent.

— Mais pourquoi avez-vous cessé de chanter ? demanda Martin en essayant de gagner la porte à reculons.

Dans son dos, il serrait ses doigts sur la clef comme s'il avait eu peur de la laisser tomber.

— Ce n'est pas qu'on ne m'ait supplié de continuer. J'étais demandé dans tous les châteaux. Mais vois-tu, petit, j'avais tout connu du succès,

je n'avais plus rien à désirer. Je n'allais quand même pas chanter en France[1], pour ces barbares !

— Bien sûr que non !

Martin sentit contre ses omoplates le bois de la porte.

— Et puis, j'étais fatigué ! Je te l'ai dit : j'avais trop reçu de pluie sur l'échine, les douleurs s'y étaient mises. Alors, un soir, après avoir jonglé dans ce château pour la mère de notre seigneur Guilhem, je me suis arrêté. Je ne suis plus reparti.

— Et vous ne regrettez pas la vie que vous meniez ? s'efforça d'articuler le prisonnier en introduisant la clef dans la serrure.

Quel bruit faisait le métal frottant le métal ! Martin, tout d'abord, retint sa respiration puis, pour couvrir ce crissement qui allait le trahir, il ajouta :

— Racontez-moi encore toutes ces choses.

Sa voix était blanche. Plus que le bruit de la clef, ce fut elle qui le trahit. Le geôlier allait reprendre son histoire avec un entrain renouvelé quand il fut saisi par le son de cette voix.

1. La France du Nord, pour les gens du Languedoc. Il existait en effet une rivalité entre les habitants du Nord qui parlaient la langue d'oïl et ceux du Midi qui parlaient la langue d'oc.

Dans le dos de Martin, la main, elle aussi, se fit plus hésitante. Il y eut un cliquetis.

Le vieux s'approcha, saisit le prisonnier et l'envoya rouler au milieu de la cellule avec une force qu'on n'aurait jamais attendue dans un corps si voûté.

L'instant d'après, il avait disparu. La porte était plus solidement verrouillée que jamais.

4

L'affaitage

Le fauconnier traversa la cour d'un pas rapide. C'était l'heure qu'il préférait, celle où les premiers rayons du soleil venaient frapper les murailles. Les chiens s'impatientaient dans le chenil, excités par la faim et les senteurs de l'aube. Les oiseaux, immobiles sur leurs perchoirs, attendaient avec une royale indifférence que l'on disposât d'eux.

L'homme allait de l'un à l'autre et leur parlait. Son œil soutenait sans ciller des regards immobiles. Son doigt, passé à travers les barreaux, effleurait une plume, agaçait une patte pour provoquer la crispation des serres. Et toujours sa voix douce, caressante, accompagnait le geste ou le devançait.

Les oiseaux le connaissaient et lui témoignaient leur amitié par un brusque mouvement de tête, un bec entrouvert, un frémissement contenu des ailes.

Au fond de la fauconnerie, un valet luttait de toutes ses forces contre le sommeil. Il avait passé une grande partie de la nuit debout, le nouveau hobereau sur le poing. Depuis trois jours et trois nuits ils étaient deux à se relayer ainsi. Trois jours et trois nuits interminables pour rendre docile le rapace encapuchonné.

Le fauconnier choisit une des longes accrochées au mur puis il s'approcha du valet. Celui-ci vit arriver la relève avec un soulagement non dissimulé.

— Tout beau ! Viens, laisse-toi faire, murmura le maître des oiseaux. Tu n'auras pas de mal. Le mal, c'est toi qui le donneras. Tout beau !... Tout beau !...

Sa main emprisonna les ailes qui ne purent s'ouvrir. Les culottes rousses s'agitèrent comiquement mais en vain. Le fauconnier savait saisir un hobereau. Très vite, il immobilisa les pattes et y noua la longe, puis il prit un gant et, sur le poing ainsi protégé, il posa son élève qu'il tint de court.

Lui aussi resta longtemps sans mouvement, le bras alourdi par cette charge qui semblait croître avec la fatigue. Après des moments de silence, il se remettait à parler, avec le même ton feutré. Si l'oiseau essayait de reprendre son vol, une petite pression sur la longe le retenait, une caresse refermait ses ailes.

Puis le fauconnier fit quelques pas. De nouveau, les ailes s'ouvrirent mais elles se replièrent avec un début de docilité.

— Tst ! Tst ! siffla le dresseur auquel n'échappa pas ce début de victoire.

Il pouvait passer maintenant à l'étape suivante. Entre les deux enceintes, il y avait des recoins abrités des vents qui convenaient parfaitement. C'était là que se déroulait, pour chaque oiseau, la phase la plus importante.

C'était aussi sur cette partie du rempart que s'ouvrait la fenêtre de Martin. L'enfant, assis sur le rebord de pierre, était justement en train de désespérer. Comme il avait abandonné le projet de se laisser mourir de faim, il avalait son pain avec ses larmes tout en multipliant les plus fortes résolutions.

« Devant le seigneur, je ne pleurerai pas, se promettait-il. Je serai aussi sec que le croûton qu'ils me font manger ! »

Il allait décider de ce qu'il dirait et de ce qu'il ne dirait pas quand il vit tout à coup arriver dans la lice le maître fauconnier. Celui-ci s'arrêta sous la fenêtre. Il vérifia la longe puis il éleva le poing. D'un geste précis, le capuchon fut enlevé.

Le faucon, d'abord aveuglé, eut un mouvement d'hésitation avant d'ouvrir les ailes, prêt à l'envol. La longe se fit plus courte ; les ailes tentèrent de lutter et se rendirent quand le capuchon retomba.

Martin avait eu le temps de reconnaître son hobereau. L'oiseau avait, sur le dos, une couleur qui n'appartenait qu'à lui.

« Il le dresse à sa manière. Il lui fait oublier tout ce que je lui ai appris. Il ne lui apprendra qu'une chose : tuer, tuer, tuer ! » fulmina-t-il en donnant, sur la pierre, de grands coups de poing qui lui firent très mal.

Le fauconnier ne sut rien de cette colère. Patiemment, il continuait la leçon. Il donnait maintenant toute la longueur de la longe. L'oiseau, sitôt la vue retrouvée, s'élançait. Son vol se terminait au bout de la courroie de cuir, en mouvements désordonnés qui ressemblaient à ceux d'un cerf-volant dans la bourrasque.

Les jours passèrent. Martin ne vécut plus que pour ces brefs instants qui lui permettaient de revoir son oiseau. Et pourtant, toujours à la même heure, il avait sous les yeux un spectacle qui le révoltait. L'affaitage se poursuivait selon des lois que le fauconnier respectait scrupuleusement.

Un matin, l'homme, avant d'ôter le capuchon, dénoua la longe. Martin vit son ami s'élever dans les airs. Un espoir insensé s'empara de lui.

« Il va voler jusqu'ici, se dit-il. Il saura que je suis prisonnier. Il va venir ! »

L'oiseau tournoya dans le ciel. Il monta très haut, très haut, jusqu'au faîte des tours, trop haut sans doute car un sifflement le rappela au sol. L'homme montrait le pât. Le faucon, tenté, vaincu, redescendit pour se jeter sur le morceau de viande fraîche qu'il lacéra gloutonnement.

Martin était loin ; il crut discerner pourtant sur le visage du fauconnier un sourire de triomphe.

Plus de longe ! Une liberté étroitement surveillée, fugitive. Une obéissance assurée !

« Et moi qui tremblais de peur qu'il ne revienne pas ! Je lui laissais tout le ciel, je lui faisais confiance ! »

Il décida de ne plus assister au dressage. Le lendemain, le fauconnier se fit accompagner par des chiens qu'il lâcha pour habituer l'oiseau à leurs aboiements.

Martin entendait ces aboiements. Ils montaient le long des murailles jusqu'à sa fenêtre et ils entraient dans la cellule comme un défi lancé par l'ennemi.

« Il fait exprès de les laisser aboyer pour que je sache qu'il est là. Il voudrait bien que je voie sa victoire, ruminait l'enfant. Eh bien, je ne me montrerai pas ! Je ne lui donnerai pas ce plaisir ! »

Il résista pendant deux jours et puis la tentation fut la plus forte. Il se hissa jusqu'à la fenêtre.

Dès lors, il reprit sa place habituelle. Il se chauffait au soleil en espérant que quelqu'un passerait tout près qu'il pourrait appeler pour donner l'éveil. Mais le chemin de ronde était fréquenté seulement par de rares soldats qui contemplaient les douves d'un œil morne et ne se préoccupaient guère d'un prisonnier. Seules, les corneilles apportaient un peu de vie en croassant autour du donjon.

Un matin, le fauconnier avança quelque peu l'heure du dressage. Il devait sans doute attendre ce moment avec une grande impatience. Une fois le chaperon enlevé, il présenta à l'oiseau un simulacre de gibier fait d'un chiffon rouge et de deux ailes de perdrix auxquelles était attaché un morceau de viande. Puis il lança ce leurre.

Le faucon se précipita. Il referma ses serres sur la proie et boula au sol où il s'acharna sur l'étoffe pour mieux lacérer la viande.

Les lévriers se jetèrent en avant. Un coup de sifflet les rappela.

« C'est fini, pensa Martin, il est dressé. Il va maintenant tuer sur commande et jamais on ne le trouvera assez sanguinaire. Mon beau faucon ! Voilà ce qu'il en a fait ! »

La leçon était terminée. Martin regarda partir son ami et se sentit plus seul encore.

— Tu peux me garder en prison, méchant fauconnier, dit-il d'une voix résolue, cela vaudra mieux pour toi. Car, si tu me laisses sortir, je me vengerai. Oh ! oui, je me vengerai, c'est sûr !… Et ce faucon que tu m'as pris, tu me le rendras !

Il ne savait pas comment il se vengerait, mais proférer des menaces dans le silence de la cellule lui faisait du bien.

Il réfléchit longtemps, fit des projets qui, tous, lui parurent ensuite irréalisables et qu'il abandonna pour bâtir d'autres châteaux en Espagne.

« Il n'y a qu'une solution : le vieux. Mais aussi, pourquoi fait-il la tête si longtemps ? Pas moyen d'en venir à bout ! »

Le geôlier avait un comportement inexplicable. Un jour, il sortait une pomme de dessous son manteau crasseux.

Un autre jour, il apportait une poignée de noix.

Un autre jour encore, quelques nèfles.

Mais, jamais plus, il ne disait mot.

D'habitude, cela ne tracassait pas Martin. Il préférait les fruits aux bavardages. À présent, il regrettait de ne pas avoir assez montré sa reconnaissance. Tout serait plus simple à cette heure.

Il réfléchit encore, tourna le problème dans sa tête, le retourna, pour arriver à cette conclusion :

« D'abord faire la paix avec lui. »

Facile à dire !

Il dressa un plan, chercha des phrases.

À l'heure réglementaire, le gardien entra. Il déposa la cruche, le morceau de pain, puis il plaça, à côté de cet immuable repas… un œuf.

Un œuf donné d'un geste gauche, bourru, avec un regard en coin lancé furtivement et chargé d'une mauvaise humeur évidente.

Martin oublia toutes les phrases qu'il avait préparées pour se concilier les bonnes grâces du geôlier.

— Oh ! merci ! s'écria-t-il.

Il était sincère. Dans un élan de joyeuse gratitude, faisant, comme toujours, autre chose que ce qu'il avait prémédité, il essaya d'embrasser le vieillard. Celui-ci le repoussa avec un grognement. Il murmura quelques paroles inintelligibles et sortit très vite, comme s'il eût redouté de se laisser attendrir.

— Quel ours ! s'exclama Martin. Mais quel ours !

Longtemps, il tint au creux de sa main l'œuf qui était pour lui un vrai trésor.

« C'est ma faute, je l'ai trompé. Il n'a plus confiance en moi. »

Relevant les yeux il vit qu'un nuage obscurcissait le ciel et que de grosses gouttes de pluie venaient s'écraser sur le rebord de la fenêtre.

« J'ai vraiment choisi le moment pour calmer son humeur ! »

5

La guerre

Martin s'ennuyait. Il avait envie de courir, il avait envie de pleurer. Il s'était dit que, peut-être, le fauconnier le relâcherait lorsque le hobereau serait parfaitement dressé. Et le fauconnier ne l'avait pas relâché.

Le petit prisonnier ne pouvait se résoudre à passer toute sa vie dans cette chambre étroite où il faisait de plus en plus froid, de plus en plus humide à mesure que l'automne s'avançait.

Et puis, le geôlier lui avait apporté une pomme. Une joue rouge, une joue jaune, et un parfum !… C'était justement ce parfum qui donnait à Martin son envie de pleurer. Il y a des chagrins trop lourds quand on n'a que douze ans. Et ce parfum…

Martin n'avait qu'à fermer les yeux pour revoir les pommes tombées dans l'herbe mouillée et les prunelles qui, en séchant sur les branches noires, perdent un peu de leur âpreté, et aussi les minuscules petits fruits de l'aubépine qu'il grignotait en gardant les oies.

« Si je commence à penser à tout ce que je faisais, je vais devenir fou ! »

Pour essayer de se consoler, il ajouta à haute voix :

— Après tout, je m'ennuyais souvent ! Que j'ai pu m'ennuyer, avec ces oies, dans les champs !

Ce n'était pas vrai, mais Martin fit semblant de le croire. Pour se redonner du courage. À quoi servait de pleurer ?

Mieux valait manger la pomme et qu'on n'en parlât plus.

Le fruit entre les dents, il bondit sur la fenêtre. Quels progrès il avait faits en quinze jours ! Les doigts trouvaient leur prise tout seuls ; les pieds connaissaient la petite cavité où ils prenaient appui ; les reins savaient exactement à quel moment ils devaient se tendre pour terminer l'escalade.

Hop !

Cette fois, Martin n'acheva pas le mouvement. Il resta à plat ventre sur la pierre, saisi de surprise. À l'horizon, un grand nuage de poussière montait. Ce n'était pas un troupeau car les troupeaux ne font pas d'aussi grandes nuées. Et puis, parfois, un éclair jaillissait, aussitôt éteint.

« On dirait… »

Mais alors, pourquoi ne donnait-on pas l'alarme ? Pourquoi les guetteurs se promenaient-ils aussi tranquillement sur le chemin de ronde ? Et pourquoi un homme s'approchait-il de ce garde, là-bas ?

Et pourquoi lui parlait-il à l'oreille ?

Les questions se pressaient dans la tête de Martin. Il ne savait comment s'expliquer tout cela. Il était sûr, à présent, que c'était une armée qui arrivait, qu'il allait y avoir un massacre de plus, un incendie encore et le pillage toujours recommencé.

Les éclairs que Martin apercevait, du haut de la tour, étaient ceux des armures frappées par le soleil. Une main en visière, le garçon essaya de mieux voir. Il aurait tant voulu s'être trompé ! Il aurait tant voulu que son village ne brûlât pas !

Mais il brûlerait, c'était certain. Comme chaque fois !

Si le guet ne bougeait pas, c'était parce qu'il y avait un complot. On l'avait payé pour livrer les tours imprenables. Lorsqu'il donnerait le signal, ce serait trop tard. Voilà pourquoi, sans doute, il avait l'air si calme.

— Que faire ? Que faire ? murmura Martin en se mangeant le poing.

On voyait déjà les oriflammes. Toute une armée ! Le château allait se laisser surprendre. C'était l'heure où, dans les champs, les manants avalaient leur soupe ou sommeillaient au creux d'un fossé avant de reprendre le travail.

Martin n'y tint plus. Il fallait avertir sire Guilhem, appeler la garde si elle n'était pas tout entière achetée.

— Alerte ! cria-t-il en se cramponnant à la fenêtre.

Sa voix se perdit entre ciel et terre. Les gardes ne bougèrent même pas.

« Jamais je ne pourrai ! »

Il courut à la porte, la frappa de ses poings.

— L'ennemi arrive ! Nous sommes trahis ! Ouvrez-moi ! Ouvrez !

Ses mains s'écorchaient sur le bois sans pouvoir l'ébranler. Personne n'entendrait Martin dans une tour aussi reculée.

Il devait quitter cette prison, sortir coûte que coûte. Accroupi sur sa fenêtre, il étudia les lieux. À droite, à plus de dix pieds en dessous, aboutissait un créneau. Il y avait des pierres à bossage qu'on pourrait peut-être utiliser, et même une excavation.

Mais non ! Impossible de s'accrocher, de descendre le long de la muraille. Jamais pied humain ne pourrait se tenir sur cette paroi verticale.

Par contre, peut-être qu'un saut, en prenant appui sur le rebord de la fenêtre, en calculant bien son élan… Seulement, il faudrait réussir la première fois. Pas moyen de recommencer. Si Martin n'atteignait pas le créneau, ce serait la chute dans le vide.

L'enfant hésita. Il avait peur. Il sentait, au-dessous de lui, ce gouffre dans lequel il allait, sans doute, être précipité. Là-bas, le nuage grandissait, le danger approchait. Ici, c'était la cellule étroite, oubliée du reste du monde.

Il ne fallait qu'un saut en gardant les yeux ouverts.

Il sauta. Cela se passa très vite. Martin toucha à peine le créneau et il boula aussitôt sur le chemin de ronde pour ne pas retomber en arrière. Quel bonheur de sentir le rude contact de la pierre râpeuse ! Il en avait l'épaule froissée, la hanche endolorie. Quelle importance ?

Un regard vers la petite fenêtre si haute le fit frémir. Comment avait-il osé ?

Il n'était pas temps de s'extasier sur sa propre audace. Martin savait qu'il ne devait pas perdre un instant. Il pouvait être arrêté par les gardes avant d'avoir donné l'alarme.

Inutile de ruser, il fallait courir à la chapelle. Là seulement était le salut.

Il s'élança sur le chemin de ronde, pénétra dans une tour ouverte à tous les vents, dégringola un escalier qui, comme une vrille, semblait descendre au cœur de la terre.

Un garde passa. Martin le bouscula sans lui laisser le temps de comprendre.

Le pied de la tour ! L'air libre ! L'herbe de nouveau sous les pieds !

Dans la chapelle, le chapelain priait. C'était tout naturel. Martin ne le dérangea pas. Il était si gros, le chapelain, si lent à comprendre ce qu'on lui disait, qu'il aurait été bien vain de tenter de lui expliquer que le château allait être attaqué.

Plus efficace serait la cloche au bout de la corde. Martin, le souffle haletant, se suspendit et tira de toutes ses forces. La bonne cloche ébranla l'air d'un coup très sourd. Martin s'accrocha de nouveau. Il tira. Un deuxième coup, un troisième. Le gros bourdon sonnait maintenant le tocsin à toute volée.

Martin ne faiblissait pas. C'était lui qui faisait tout ce bruit dans la chapelle du seigneur, lui, le petit gardeur d'oies ? Ce n'était pas possible ! Une sorte de joie s'empara de son cœur. Ses pieds, à chaque balancement de la cloche, quittaient le sol pour y revenir au balancement suivant. Quel jeu passionnant si ce n'avait été un cri d'alarme !

Dans la campagne, les paysans entendirent le tocsin. Ceux qui travaillaient se redressèrent. Ils écoutèrent un moment ce bourdon qui annonçait le malheur. Ils restèrent les bras ballants, comme s'ils n'avaient pas voulu le croire. Ils se regardèrent afin de trouver, dans les yeux du voisin, un reflet de leur propre peur. Puis ils jetèrent la houe et quittèrent le champ.

Ceux qui dormaient l'entendirent du fond de leur sommeil et le sommeil partit. Ceux qui mangeaient serrèrent contre leur poitrine l'écuelle où restait un peu de bouillie d'orge, et tous coururent vers le château.

Les femmes hésitèrent moins. Elles rassemblèrent leurs enfants avec des cris, de grands mouvements de bras. Elles ramassèrent les bébés, les fourrèrent au creux de leur jupe avec le croûton de pain noir du déjeuner et prirent, elles aussi, le chemin du refuge seigneurial.

Il fallait sonner encore, sonner toujours.

Le chapelain, tiré de ses pensées, comprit enfin qu'un danger était imminent et il arriva en soutenant son ventre à deux mains.

— Que fais-tu donc là, mon enfant ? Que sonnes-tu ? Es-tu fou ?

— Non, mon père, je ne suis pas fou, répondit Martin en quittant le sol une fois encore.

Et, quand il toucha de nouveau terre aux pieds du chapelain :

— Nous sommes attaqués. Il faut bien avertir le seigneur !

— Nous sommes attaqués ?

— Eh ! oui, mon père.

— Comment le sais-tu ? Qui te l'a dit ?

— Je l'ai bien vu tout seul !

Il était si excité, Martin, qu'il en oubliait le religieux respect que l'on devait aux gens d'Église. Il criait très fort pour couvrir la voix du bourdon et le chapelain suivait des yeux son va-et-vient vertical pour essayer de voir clair dans ce que lui disait cet insolent petit rustre.

Lorsqu'il fut assuré que tout le château était en branle-bas, Martin lâcha la corde. Le dernier coup de cloche se perdit dans le bruit des préparatifs de défense.

— Si c'est moi qui le raconte à notre seigneur, on ne me laissera pas parler, dit l'enfant en se frottant les mains, mais, si c'est vous, mon père, on vous croira. De là-haut, j'ai vu des choses qui m'ont paru étranges.

— Je t'écoute, mon fils, répondit le prêtre avec curiosité.

Dans la pénombre de la chapelle, Martin eut envie de charger le fauconnier du complot qu'il avait flairé. C'était si tentant ! Il résista pourtant à la tentation mais il mélangea si bien les oiseaux de proie et les hommes d'armes, la prison et le geôlier, le fauconnier et l'ennemi qui arrivait sous les murs, que le chapelain n'y comprit rien.

— Va, mon fils, dit celui-ci.

Et il alla s'agenouiller pour chercher sincèrement le parti qu'il devait prendre.

L'enfant profita du tumulte général. Maintenant, il ne risquait plus d'être arrêté. Dans les créneaux, tous les visages devaient se tourner vers l'armée qui approchait, qui gravissait la colline et serait, bientôt, à une portée de flèche.

Les paysans, talonnés par la peur, se pressaient sur le pont-levis. L'un voulait faire entrer sa vache, l'autre avait trois moutons à sauver. Ils se bousculaient, frappaient de leurs bâtons l'échine des bêtes et le dos des voisins, avec des cris, des jurons et des invocations adressées au Ciel.

Une fois le pont passé, ils se taisaient. Ils étaient à l'abri des remparts, qu'importait le reste. Y aurait-il eu, sans cette attaque, moins de famine, moins de travail et de misère ?

Une femme, pourtant, continuait de pleurer. Assise sur une botte de paille, les pieds nus dans la boue, elle inspectait chaque fenêtre étroite, chaque échancrure des murailles, dans l'espoir d'y trouver son fils.

— Ne pleure pas, la mère, grogna le mari en posant maladroitement sa grosse patte sur l'épaule de sa femme. On le dit en pénitence. Il est aussi en sécurité. À cette heure, il vaut mieux être dans le château qu'au village.

— Cela fait tant de jours, déjà !

— Messire Guilhem nous le rendra. Il est bon, lui.

L'homme n'acheva pas d'exprimer sa pensée. Des oreilles, partout, écoutaient pour le plus grand profit du maître fauconnier.

Pendant ce temps, à l'autre bout de la cour, Martin rejoignait la masse des réfugiés. D'abord, il fut surpris par ce spectacle que, pourtant, il ne voyait pas pour la première fois. Puis il se faufila au milieu des groupes d'hommes et de femmes mêlés aux porcs et aux volailles, parmi le foin et les flaques d'eau. Il courut de l'un à l'autre, à la recherche de ses parents, et les visages résignés se tournaient vers lui chaque fois qu'il les interrogeait du regard.

Tous les villageois étaient là et personne ne lui adressait la parole. On aurait dit qu'ils oubliaient, en eux-mêmes, l'heure difficile qu'ils avaient à traverser.

— Mère !

Il venait de l'apercevoir, là-bas, dans l'encoignure que faisait une borne contre le mur. La mère se leva, ouvrit la bouche, ouvrit les bras. L'enfant se précipita et ils pleurèrent, tandis qu'éclatait la bataille.

Une de plus, semblable à toutes les batailles.

À l'agitation du début succéda la lutte organisée. Les archers, un pied contre la muraille, la pointe de la flèche engagée dans la meurtrière, bandèrent leur arc. Il y eut un sifflement, un vol mortel auquel répondit, venu des fossés, un autre vol qui retomba dans la lice en une pluie d'étoupe enflammée.

Dans la cour, les animaux s'affolèrent. Les vaches meuglèrent longuement, les yeux égarés par la peur. Les brebis qu'on avait pu conduire jusque-là se contentaient de se bousculer un peu quand un brandon s'abattait sur leur dos.

Les paysans attendaient. Les femmes suivaient du regard la trajectoire des flèches dans le ciel et se signaient quand se rapprochait le point de chute. Les jeunes gens montaient sur les remparts pour jeter des quartiers de roche qui arrêtaient l'assaut ennemi dans un hurlement de souffrance. En même temps, ils étaient attirés par le désir de savoir si cette fumée épaisse que le vent emportait était celle de l'incendie de leur village.

Martin serrait dans ses bras un petit frère qui criait de peur et que rien ne pouvait rassurer.

— Ne pleure pas. Mets ton front contre mon épaule. Tu ne verras rien. Tu n'entendras rien. Tout va être fini bientôt.

La bataille avait lieu au-dessus de leurs têtes, sur le chemin de ronde où la mort éclaircissait les rangs. Parmi les assaillants aussi il y avait grand dommage. Des boulets de pierre, lancés des mâchicoulis, rebondissaient sur le plan incliné des courtines pour aller écraser les guerriers. Les plaintes, les vociférations se mêlaient au bruit sourd des coups de bélier qui ébranlaient portes et murailles.

Sur la partie la plus avancée, Guilhem Arnal, un arc à la main, défendait son château avec résolution. Son jeune âge s'exaltait au feu de la bataille. Heaume en tête, gant de maille au poing, gonfanon planté à son côté, il était l'âme de la résistance. C'était lui que l'on regardait au moment où l'on allait faiblir. Il le savait et se dépensait sans compter. Les flèches volaient autour de lui ; aucune ne l'atteignait.

Les heures passaient ; la lutte ne mollissait pas plus que ne diminuaient les coups de boutoir sur les murailles. Une à une, les échelles furent

renversées avec leur charge d'assaillants. L'eau des douves s'ouvrait pour engloutir les morts et les blessés. Sur les remparts, morts et blessés basculaient du haut du chemin de ronde et s'écrasaient dans la boue de la cour. Cela dura longtemps, longtemps, jusqu'au moment où, soudain, les derniers assiégeants se regroupèrent près des palissades éventrées.

Alors, ce fut le silence. Le château parut comme frappé de stupeur. On n'entendait plus que le mugissement des bêtes et le râle des blessés.

— Père, est-ce que ce serait fini ?

— Plaise à Dieu !

— Mère, vous croyez que…

Elle ne répondit pas, la mère. Elle avait trop peur que ce ne fût pas fini. Elle rattrapa un de ses enfants qui profitait de la surprise générale pour s'échapper et elle le serra contre elle, avec tous les autres, à pleins bras.

— Ils sont tous là et Martin aussi ! Grâce au Ciel !

Des créneaux jaillissaient des vivats qui sortaient des poitrines haletantes, des injures et des quolibets à l'adresse des fuyards.

Car ils fuyaient !

Ils abandonnaient !

— Ils se replient, mère ! Père, ils s'en vont !

Martin criait lui aussi, libéré enfin de cette contrainte, de cette peur qui avait duré si longtemps. Les paysans montaient sur le chemin de ronde pour mieux voir. Les femmes les rejoignaient, empêtrées dans leurs jupes, et pleuraient, et riaient, et s'exclamaient.

— Mère, laissez-moi y aller ! supplia Martin.

Il n'attendit pas la réponse, il était déjà parti. Martin jamais n'attendait la réponse aux questions qu'il posait, il était trop emporté pour cela.

— Quel caractère ! soupira la pauvre femme. Toujours incapable d'écouter un conseil.

— Laisse-le aller, lui dit son mari. Il n'y a plus de danger à présent.

— Pour Martin, il y aura toujours du danger. Il est indomptable. Tu peux sourire ! Vous, les hommes, vous êtes tous les mêmes ! Et vous ne pensez jamais aux tourments que nous avons, nous autres, femmes.

— Te fâche pas, la mère. Il est jeune. Cela lui passera.

Martin arriva au créneau et frémit d'horreur. Les douves regorgeaient de cadavres et de débris. Des chevaux erraient dans la campagne. Certains traînaient leur cavalier, blessé ou mort, dont le pied était resté pris dans l'étrier. Des êtres souffraient sur l'herbe tachée de sang, d'autres mouraient.

Là-bas, loin déjà, les survivants s'en allaient en poussant devant eux le bétail qu'ils avaient pu rassembler. Des chariots chargés de butin les suivaient. Beaucoup de combattants avaient péri mais la guerre avait été fructueuse.

Guilhem Arnal retira le heaume. Son visage ruisselant de sueur s'éclaira d'un rire triomphant. Pour bien montrer que le château lui restait, le baron saisit à pleine main sa lance au gonfanon déchiré et, de toute la force de son bras, il la ficha en terre au milieu de la cour.

Puis, sous le regard de tous, seul sur sa muraille qu'il avait si bien défendue, il se jeta à genoux et remercia Dieu.

6

Les paysans

Martin sortit, avec les villageois, de l'enceinte fortifiée. Dans d'autres circonstances, il aurait été fou de bonheur en voyant de nouveau, après les longs jours de réclusion, la campagne ouverte devant lui.

Mais la campagne n'offrait que désolation. Les chaumines incendiées fumaient encore. Les meules de bon blé n'étaient plus que cendres.

Pauvre blé ! Pendant le printemps lorsqu'il était en herbe, tout au long de l'été quand les épis s'étaient formés, les paysans avaient tremblé pour lui. Ils en avaient suivi la maturation avec angoisse, les yeux constamment tournés vers le ciel où se gonflait une nuée d'orage, et plus encore vers l'horizon où une autre nuée, bien plus redoutable, pouvait apporter la guerre.

Ils l'avaient attendue, cette guerre, étonnés d'avoir vécu des mois sans qu'elle vînt. Le blé avait été coupé, mis en meules. Les manants avaient décroché leurs fléaux, et c'est alors quand l'espoir était enfin permis, que la guerre était survenue.

Plus rien ne restait du village. Renversées, les palissades qu'on avait plantées dans le vain espoir qu'elles résisteraient à l'envahisseur. Brûlées, les granges et les maisons aussi. Et toutes les provisions que l'ennemi n'avait pu emporter. Dans un enchevêtrement de solives fumantes et de murs éclatés, les sacs de farine éventrés se mêlaient aux belles grappes de raisin qu'on avait mises à sécher sur les claies. Tout était piétiné, foulé, détruit. La famine, dès le lendemain, s'installerait au village.

Les paysans ne dirent rien. Ils remirent pierre sur pierre et allèrent au ruisseau couper une nouvelle moisson de roseaux pour se refaire un toit.

Martin les aida dans leur tâche. Il avait tant d'occupations qu'il oubliait quelquefois d'avoir peur. Pas pour longtemps ! Maintenant que la bataille était passée, qu'allait dire le seigneur ? Le fauconnier n'allait-il pas, de nouveau, se saisir de ce jeune serf qui se permettait de lui tenir tête ? Rien, malgré le silence, ne pouvait laisser croire qu'il eût abandonné tout ressentiment.

Alors, la peur revenait. Martin se cachait dans un coin de la maison hâtivement reconstruite. Il aurait voulu se rendre plus utile mais il n'osait pas sortir. Celui qui a connu la cellule ne goûte qu'en tremblant une liberté menacée.

— Martin, il faut aller chercher des glands, dit le père, quelques jours après la bataille.

L'enfant était dans un moment de crainte. Il essaya de se soustraire à cette besogne.

— Père, pas tout de suite, je vous en prie. On va me voir.

— Le moulin ne moudra pas de froment, cette année. Si nous attendons trop, il n'y aura plus de glands. Ils seront tous ramassés et les sangliers auront même mangé les derniers.

— Père, j'ai peur.

— Du fauconnier ?

— Oui.

— Nous prendrons à travers les collines, nous ne le rencontrerons pas.

— Vous savez que je n'ai pas peur de l'ouvrage et que je vous aiderais bien volontiers si je le pouvais.

Le père, d'une main affectueuse, ébouriffa les cheveux de son fils.

— Reste ici. Tu viendras une autre fois. Mais n'aie pas tant de souci, il a autre chose à faire, le fauconnier, que penser à toi !

Il riait, en disant cela, pour rassurer son enfant et, peut-être, pour se rassurer un peu lui-même. Sa besace à l'épaule, il prit seul le chemin des bois.

Tout le village était sous les arbres, et les sangliers, cet automne-là, ne croquèrent pas beaucoup de glands. Chacun fouillait la mousse, fourrageait au creux des feuilles mortes d'où se dégageait une odeur d'humus qui faisait crier les ventres vides.

Les premiers jours, ils trouvèrent tous de quoi remplir leur sac et calmer les tiraillements d'estomac en mangeant les plus beaux fruits sur place. Puis, la récolte se fit quelque peu hasardeuse. On mit alors de la précipitation à s'emparer d'une rare provende. Il s'y mêla des palabres, des querelles et des coups de poing, la faim avait commencé son long et ténébreux travail de destruction.

La mère, pourtant, fit des galettes avec une grande joie au cœur : elle avait retrouvé son fils. Mieux valent galettes de farine de glands mangées en famille que bon pain de blé qu'on ne partage pas avec les absents. Voilà ce qu'elle se disait, la mère, en pétrissant la pâte et en portant les petits gâteaux au four banal.

Et c'était vrai que, jamais, galettes de pauvre farine ne furent mieux réussies.

Pendant qu'elles cuisaient, la paysanne surprit les bribes d'une conversation qui arrêtèrent les battements de son cœur. Elle s'était assise un peu à l'écart pour éviter les questions au sujet de son enfant et mieux rester en ses pensées. Soudain, elle crut entendre que le fauconnier avait été blessé dans la bataille.

Elle se leva d'un mouvement qui trahissait sa surprise et elle s'approcha du groupe des commères afin d'obtenir des précisions. Pas directement, bien sûr, ce n'eût pas été prudent.

— Tiens ! la Marie ! Tu fais bien la fière, aujourd'hui ! attaqua une des femmes avec cette bonne humeur acide commune à toutes les mauvaises langues villageoises.

— Mais non ! Mais non ! On a ses soucis, voilà tout !

— Qui n'a pas les siens ! Enfin... On en a plus ou moins ! Certains en ont plus que d'autres !...

La mère tenta de trouver un ton indifférent :

— On dit que notre dame a eu grande peine de voir son village brûlé.

— Elle a pleuré. Et je sais de quoi je parle : c'est la Pierroune du château qui me l'a raconté.

— Et le seigneur Guilhem ? Que Dieu le protège !

— Il n'a pas été blessé.

— On dit qu'il y a eu beaucoup de blessés.

— Beaucoup de morts aussi !

— On dit que le maître fauconnier a été blessé.

— Une flèche. Dans l'épaule. Il s'en tirera mais il n'est pas encore sur pied !

— Le temps me presse. Mes galettes sont cuites, je m'en retourne chez nous, bredouilla la pauvre femme qui ne savait comment dissimuler sa joie.

Et elle s'en alla si vite, si vite, qu'elle en eut le souffle court. En remontant le coteau, elle s'arrêta derrière une haie et là, elle rit toute seule, longtemps, jusqu'à ce qu'elle pleurât.

— Mon Martin va être content, se répétait-elle. Sûr qu'il va être content… Il n'est pas encore sur pied ! Une flèche dans l'épaule !

Elle repartit, heureuse parce qu'elle avait des galettes et que son fils en mangerait. Elle arriva hors d'haleine à la chaumière. Martin, accroupi dans un coin, la vit surgir, refermer la porte et rester là, à demi pliée, appuyée au bois sombre pour reprendre son souffle. Elle n'attendit pas d'avoir retrouvé son calme, elle lui cria la nouvelle.

— Blessé ?

— Oui. Une flèche dans l'épaule !

Elle riait d'un rire nerveux qui la secouait tout entière. Lui, au contraire, sentait un nœud très dur qui se défaisait dans sa poitrine. Malgré les poutres calcinées, la maison réparée à la hâte, la faim qui, déjà, se faisait sentir, il trouva soudain la vie merveilleusement belle.

— Blessé ! Il est blessé, mère !

— Tout le village en parle. On me l'a dit au four.

Il la débarrassa de la corbeille qui contenait les galettes et l'embrassa en la serrant très fort. Tous deux mêlèrent leurs sanglots.

— Bêtes que nous sommes ! Pourquoi tant pleurer ? fit la mère en s'essuyant les yeux au creux des mains jointes. Nous sommes tranquilles pour quelques jours, à présent.

Pourtant, si elle avait su, comme elle aurait été inquiète !

Dès qu'il eut appris la blessure du fauconnier, Martin oublia la peur. Son amour des animaux fut le plus fort. L'incorrigible gamin se remit à courir la campagne. Non pas qu'il pensât à remplacer son ami – il avait, de la fidélité, un sens qui lui interdisait de se choisir un autre compagnon – mais il aimait plus que jamais guetter la vie sauvage au creux des haies ou dans les bois.

Au long de ses promenades, il cherchait le moyen de reprendre l'oiseau. Il goûtait cette solitude qui le dérobait à tous les regards. Endurci par la prison, il ne laissait plus lire l'espoir qu'il conservait en lui.

— Où vas-tu ? s'inquiéta la mère quand, le second soir, elle le vit sortir à l'heure où chassent les hobereaux.

— Me promener.

Déjà, elle se figurait qu'il allait chercher un autre nid. La tranquillité avait été de bien courte durée.

— Non, mère, je vais me promener. C'est tout.

Il partit vers le château. Il connaissait, au bord des douves, un cyprès qui, vu de l'extérieur, paraissait un fuseau parfait mais qui renfermait de grands creux au plus profond de son feuillage.

Il grimpa à mi-hauteur. Au-dessous de lui, il n'y avait que des eaux verdâtres, la muraille aveugle en face.

Derrière cette muraille était la fauconnerie.

Martin entendait japper les chiens.

« Si je pouvais, pensa-t-il, entrer au château, aller jusque-là et le sauver ! »

Il fit des projets. Les plus fous, les plus risqués. Il se vit escaladant de nuit les remparts, passant le pont-levis, déguisé en pèlerin de Saint-Jacques-de-Compostelle. Il s'imagina pénétrant dans la fauconnerie. Les lévriers grogneraient. Les oiseaux ouvriraient leurs ailes et le regarderaient tous en même temps. Un seul le reconnaîtrait. Martin briserait la chaîne – comment ? il ne le savait pas ! – puis il se précipiterait dans la cour. D'un geste triomphant, il lancerait l'oiseau qui s'envolerait par-dessus les murailles…

Mais les murailles étaient toujours entre l'oiseau et lui. Elles avaient résisté à l'assaut de toute une armée, elles sauraient bien garder leur prisonnier.

« Cela n'empêche pas que j'étais prisonnier, moi aussi, et que je me suis évadé ! » se dit Martin avec fierté.

Il resta là un long moment, pelotonné sur une branche, des brindilles sèches dans le cou, qui le grattaient.

Puis, lorsqu'il fut sûr que personne ne se trouvait dans les parages, il s'enhardit. Il siffla doucement, longuement, comme il avait l'habitude de le faire au temps de leurs jeux de chaque soir.

L'ami allait l'entendre, c'était certain. Il allait profiter d'une bague desserrée, d'un instant d'inattention de son gardien. Il reconnaîtrait aussi l'appel.

Martin attendit, le visage hors du feuillage, les yeux au ciel.

Autour des poivrières, les corneilles croassèrent. Et ce fut tout.

7

Guilhem Arnal de Soupex

Guilhem Arnal, appuyé à l'étroite fenêtre de sa chambre, regarda longuement le paysage qui s'étendait sous ses yeux. Ce n'était partout que ruine et que tristesse, murs calcinés et cette mélancolie que l'automne donnait aux bois, aux haies, aux chemins.

Les meules avaient brûlé, les chaumières aussi. Mais le château avait résisté, le château aux greniers débordants de blé, aux barriques pleines de vin.

« Je ferai distribuer du pain, voilà tout ! »

Il était en paix avec lui-même. Il avait risqué sa vie, il l'avait jetée dans la bataille pour sauver son honneur, ses biens, ses paysans. Sa tâche était remplie.

Le jeune homme laissa errer son regard avec reconnaissance sur les murailles crénelées et sur les tours. Elles avaient soutenu le siège, les bonnes murailles que lui avaient léguées ses pères.

« Moi aussi, je les transmettrai aussi fortes que je les ai reçues ! » se promit-il.

Quelques rivaux avaient peut-être misé sur sa jeunesse et son inexpérience pour tenter de lui imposer leur loi. Ils avaient compté sans sa vaillance.

Près de lui, dans la salle voisine, sa mère filait et chantait, entourée de servantes. Leurs voix parvenaient à travers les portes restées ouvertes et Guilhem puisa dans ce chant retrouvé une raison de plus d'être heureux.

Un reste de la folle ardeur du combat coulait encore dans ses veines. Il était fier d'avoir triomphé, d'avoir connu cette joie sauvage quand on sent que l'ennemi perd pied, qu'il hésite et recule peu à peu. Guilhem en frémissait. Pour dépenser ses forces, il se jeta sur son dogue dont il saisit l'encolure à pleins bras.

— Défends-toi !

Tous deux roulèrent sur les dalles. La bête était énorme. Elle referma sa gueule sur une des cuisses de son maître qui tenta vainement de se délivrer.

— Tu ne… seras pas le… vainqueur, haleta Guilhem. Je t'écraserai, toi aussi !

Comme tous les seigneurs de son temps, il aimait la violence, la lutte qui permettait au corps de prouver sa valeur, aux muscles de se tendre, aux bras de distribuer des coups afin que s'appliquât la toute-puissante loi féodale du plus fort.

Il parvint à glisser sa main entre les mâchoires du chien et, lentement, il dégagea sa jambe.

La salle retentit des aboiements de la bête.

— Tu vois ! Je savais bien que je gagnerais !

Le chapelain, sur ces entrefaites, était entré.

— Hum ! Hum ! toussota-t-il pour signaler sa présence.

— Venez, mon père, ne craignez rien. Nous jouions tous les deux !

Guilhem remit un peu d'ordre dans ses vêtements, constata que le drap de ses chausses avait une déchirure à l'endroit où les crocs du chien s'étaient plantés, et lança joyeusement :

— On dit que vous avez à me parler !

Ce n'est qu'à ce moment-là qu'il remarqua la mine soucieuse du chapelain et ce pli au front qu'il reconnaissait chaque fois que sa jeunesse turbulente encourait la désapprobation du saint homme.

— Voyons, mon père, pourquoi ce visage ? Nous ne sommes pas en carême !

— Ce que j'ai à vous dire, mon fils, est de la plus haute importance.

— Eh bien, dites-le !

Ils s'assirent dans des fauteuils à haut dossier, le dogue à leurs pieds.

— Dieu nous a donné la victoire parce que notre cause était juste, commença le chapelain en fixant ses doigts croisés sur sa robe de bure.

— Bien sûr ! approuva le jeune homme.

— Parce que Dieu ne soutient pas la trahison.

— La trahison ? Comme vous y allez !

Guilhem plaisantait encore mais il ne riait déjà plus. Le mot terrible venait de résonner entre les murailles que lui seul pouvait faire tomber. Les remparts imprenables ne l'étaient plus si un traître vivait au château.

Le chapelain arrêta son regard sur la cheminée, sur le lit, sur les tapisseries, comme s'il eût voulu découvrir, à travers les étoffes et les pierres, l'indiscrète présence qu'il redoutait.

— Oui, mon fils, la trahison. Je la sentais à mille détails depuis quelques semaines…

— Qui a trahi ? coupa Guilhem avec une soudaine impatience.

— Messire, je ne sais. Et c'est là qu'est la difficulté.

— Alors que savez-vous, mon père ? demanda le jeune homme en se forçant au calme.

Le chapelain décroisa les doigts et les recroisa posément.

— Il me semble que votre jeunesse et la fougue que vous montrez depuis votre héritage attirent les envieux. Vous avez trop ouvert votre château à tout le monde. Tous ces jongleurs, ces bohémiens…

— Ai-je perdu mon âme pour quelques chansons de geste entendues ?

— Non, mon fils. Aussi bien n'est-ce pas un reproche que je vous fais. Votre âme est belle et pure autant que le métal de votre épée. Mais vous savez ce que sont ces baladins qui vont de château en château : des colporteurs de complots, des espions, des émissaires de trahison.

— Tous ceux qui sont entrés ici étaient connus de moi, répliqua Guilhem.

Mais il réfléchissait. Se pouvait-il qu'un de ces hommes, au sortir de la salle à manger où il avait chanté quelque ballade, fût allé corrompre la garde ?

— Dites-moi tout ce que vous savez, mon père, il faut que j'apprenne la vérité.

— Ces soupçons, je ne les ai eus qu'après, reprit le chapelain. L'enfant m'a dit ce qu'il avait vu et…

— De quel enfant parlez-vous ?

— De celui qui était enfermé dans la tour parce que…

— Un enfant dans la tour ?

— Je vois, messire, que vous n'êtes au courant de rien. Votre maître fauconnier a surpris un jeune serf en train de dénicher un hobereau. Pour l'en punir, il l'a enfermé et vous prépare la surprise d'un faucon branchier merveilleusement dressé.

— Encore aurait-il dû me dire qu'il enfermait un enfant ! Qu'on relâche ce gamin !

— Le drôle n'a pas attendu votre ordre, dit le chapelain avec un sourire destiné à apaiser un éventuel courroux, et je vous demande de faire preuve de clémence à son égard…

— Tout cela est fort compliqué. Il est parti, très bien ! Revenons-en au problème qui nous occupe.

— C'est que les deux sont liés. L'enfant, du haut de son observatoire, a vu arriver l'ennemi. Il a remarqué l'indifférence de la garde et, au risque de se rompre les os, il a sauté sur le chemin de ronde et a sonné la cloche.

Guilhem Arnal ne l'écoutait plus. Il traversa la chambre à grandes enjambées et cria par la porte ouverte :

— Faites venir ici le capitaine des gardes !

Puis, s'adressant de nouveau au chapelain :

— Vous dites, mon père, que c'est un enfant du village ?

— Oui. Martin, le fils de Brichot le bûcheron. Un bon petit qui, certainement, ne croyait pas mal faire.

Guilhem ne répondit pas. Il avait repris sa station debout, face à la fenêtre. Des pensées tumultueuses remplaçaient l'éclatant bonheur qui l'avait habité quelques instants avant l'entrée du religieux.

« Ainsi donc, pensait-il, la vaillance ne suffit pas. Il n'est pas assez d'un arc, de flèches et de courage. Il faut aussi lutter contre la perfidie et la trahison. Parmi tous les gens qui s'asseyaient à ma table, quels étaient donc ceux qui masquaient leur âme ? »

— Si vous le permettez, messire, je vais me retirer.

— Nous réglerons plus tard cette histoire de hobereau. Je n'aime pas savoir qu'on se substitue à moi pour rendre la justice.

— Votre fauconnier a cru bien faire. Soyez indulgent.

— Il a dépassé sa charge. Cela doit lui être dit.

— Il a été blessé au combat.

— Je sais. Son courage n'a d'égal que son amour de la chasse.

Un jeune page entra, tout essoufflé.

— Messire, annonça-t-il, le capitaine des gardes n'est pas au château. On l'a cherché partout !

— À cette heure ? Où est-il donc ?

Le page reprit son souffle pour donner plus de force à ce qu'il allait dire :

— Messire, on ne l'a pas revu depuis la bataille.

Guilhem Arnal reçut le choc sans qu'aucun de ses traits ne bougeât.

— Je comprends, murmura-t-il. Je comprends très bien, maintenant.

Puis, soudain, d'une voix claire et avec un rire dépourvu de toute gaieté :

— Dieu soit loué ! Nous avons vaincu ! La trahison n'a pas été la plus forte !

— Dieu aime les justes, répondit le chapelain en faisant un signe de croix.

— En somme, c'est cet enfant qui a donné l'alarme. Sans lui, nous étions surpris. Qu'on aille le quérir, ordonna Guilhem.

Il se forçait à la joie pour essayer d'échapper aux tristes pensées qui l'assaillaient.

8

Traqué

La mère, assise sur un rondin de bois devant sa porte, vit arriver les hommes d'armes. Elle comprit tout de suite qu'on en voulait à son enfant. L'heure tant redoutée était venue.

Elle eut d'abord une grande peur qui faillit la jeter, suppliante à deux genoux, au milieu du chemin. Puis, l'imminence du danger lui dicta une meilleure attitude.

« S'ils me voient rentrer, ils se douteront que je vais l'avertir, réfléchit-elle. Il faut pourtant qu'il s'enfuie. »

Sans se retourner, sans interrompre le mouvement de ses doigts sur la quenouille, elle appela à voix basse :

— Martin !

— Oui, mère ! répondit celui-ci de l'intérieur de la chaumière.

— Non, ne sors pas ! Approche-toi de la porte et écoute-moi bien… Plus près ! Je ne peux pas parler fort. Ils viennent te chercher. Sauve-toi par la fenêtre et va te cacher dans les bois. Cette nuit, tu reviendras. Je te préparerai à manger.

Martin sentit qu'il devait obéir sans perdre un instant. Il se glissa à travers la petite fenêtre et sauta dans l'enclos. Une haie descendait jusqu'à la palissade éventrée. Après, c'étaient les premiers champs, bordés de haies, eux aussi. La fuite serait aisée.

Il courut, plié en deux, épouvanté chaque fois qu'une poule surgissait des basses branches avec des caquetages effarouchés. Il atteignit le bout de l'enclos et s'arrêta pour regarder en arrière.

Les deux hommes parlaient avec la mère. Leurs silhouettes massives se découpaient sur le ciel, surmontées des pointes de leurs lances.

— Je ne sais pas où il est, disait la mère. Je ne l'ai pas vu depuis ce matin. Il est toujours à courir, vous imaginez.

Sa voix parvenait à l'enfant blotti dans le feuillage. Comme elle avait l'air calme, la mère !

— Le seigneur nous envoie pour le chercher. Faut le trouver, répondit un garde.

— Je vous dis qu'il n'est pas dans la maison. Vous pouvez vérifier.

L'un d'eux entra en baissant la tête, l'autre fit le tour de la chaumière. Il jeta un regard rapide dans l'enclos. Martin se crut découvert. Les genoux au menton, il se ramassa le plus qu'il put, cependant que des gouttes de sueur coulaient le long de son dos.

Le garde n'insista pas. Comme son compagnon ressortait, il estima qu'il avait fait, lui aussi, le nécessaire. Tous deux reprirent le chemin du château après avoir lancé ces paroles que la mère et le fils entendirent avec effroi :

— On reviendra ce soir. Dis-lui d'être là.

La paysanne les regarda s'éloigner. Quand elle fut sûre qu'ils ne se retourneraient pas, elle pénétra dans l'enclos. Là, une main en visière, elle inspecta chaque champ, chaque lande, jusqu'à ce qu'elle découvrît la tache déjà lointaine que faisait le surcot brun de son fils. L'enfant, apeuré après ce qu'il venait d'entendre, fuyait vers la forêt. Parfois elle le perdait de vue au coin d'un rideau d'arbres et elle tremblait quand elle le voyait se lancer au travers d'une prairie pour gagner du temps.

« Pour sûr que le guet va le voir ! Pourquoi fait-il cela ? Non ! pas par là ! Ah ! mon Dieu ! »

Il disparut. Elle revint s'asseoir sur le rondin, reprit sa quenouille, et personne n'aurait pu deviner, à la voir si calme, si rapide à l'ouvrage, qu'elle avait en elle une peur qui l'occupait tout entière.

Martin ne se sentit en sécurité que lorsqu'il eut atteint les bois. Au milieu des fourrés et des buissons armés d'épines, il était assuré d'échapper à toutes les poursuites. L'automne n'avait pas achevé de dépouiller les arbres. Le vent arrachait les feuilles qui craquaient ensuite sous les pas. Ce bruit n'effrayait guère Martin dont les pieds nus sauraient être silencieux à la moindre alerte. Seulement, le vent, la rousseur de tout ce qui l'environnait et les gros nuages qui pesaient sur la forêt augmentaient la peine qu'il avait au cœur.

Allait-il errer ainsi jusqu'au soir sous les arbres ?

Une bourrasque jeta sur les feuilles une poignée de pluie. Les gouttes ne touchèrent pas le sol mais Martin eut froid. Il se dirigea vers une source qu'il connaissait. Il l'avait découverte, un jour de vagabondage, en suivant la trace d'une laie qui fuyait avec ses marcassins. Personne ne se souvenait plus de cette source et pourtant une pierre,

gravée d'un signe mystérieux, prouvait que des hommes, autrefois, étaient venus y boire. Quelque ermite, peut-être, qui l'avait aménagée et partagée avec les bêtes de la forêt.

Martin y arriva en écartant les branches. La petite fontaine coulait toujours au milieu d'un fouillis d'herbes nées de sa fraîcheur. Sur la pierre mangée de mousse, le signe était visible encore. Martin gratta du bout du doigt le dépôt verdâtre et crut reconnaître un poisson.

« Un poisson ? Qu'est-ce que cela veut dire ? »

Il but au filet d'eau. Pour calmer la brûlure des orties, il baigna ses pieds en couchant les herbes. Après s'être rafraîchi les mains et le visage, il se sentit mieux. Allongé sur le dos, la nuque reposant sur ses doigts croisés, il attendit la nuit.

Un oiseau chanta. Une pie vint se poser tout près. Un lapin ne renonça qu'à contrecœur à croquer les tiges gorgées d'eau, après avoir hésité un long moment devant l'insolite présence de ce dormeur.

Car Martin s'était endormi. La cloche du monastère, sur le coteau voisin, le réveilla comme le soir tombait. Il attendit la nuit close pour retourner au village et se remit alors en marche dans l'obscurité grandissante des bois. À la lisière, il s'arrêta sous le pin où avait commencé son aventure. Le nid se balançait sur la fourche, vide, boule noire sur un fond de ciel encore clair, et qui perdait ses brindilles au vent d'automne. Martin le considéra longtemps.

« Je ne regrette rien, se disait-il. C'était si beau d'apprivoiser un oiseau de proie ! »

Une progression lente le long des haies le conduisit jusqu'aux premières maisons. Les bêtes et les gens s'étaient enfermés pour la nuit. Seule une ombre circulait encore dans son clos, s'attardant à ranger une houe, à vérifier un loquet, avec une lenteur inhabituelle à cette heure.

Martin enjamba les débris de la palissade et, caché dans un lilas, il appela doucement :

— Mère !

L'ombre se redressa. Elle ne se tourna pas tout de suite dans la direction d'où venait la voix. Elle regarda le chemin entre les chaumières puis la fenêtre du voisin. Lorsqu'elle fut sûre que tout dormait, elle cala un fagot sur sa hanche. Sans se presser, alors qu'elle mourait d'impatience, elle descendit au bas de l'enclos.

— Je suis ici, mère, souffla Martin.

— Pas si fort ! On pourrait nous entendre !

— Nous ne risquons rien.

— Je me méfie du voisin.

Un dernier regard encore et elle lâcha son fagot. Elle n'était pas bien grosse : les branches du lilas se refermèrent facilement sur elle. Là, dans cet abri où chaque mouvement provoquait un craquement de brindilles, elle étreignit son fils comme si elle l'eût retrouvé après une très longue absence.

— Quel souci j'ai enduré tout le jour ! Quelle inquiétude ! Mon « pitchou », tu n'as pas eu trop faim, au moins ?

Elle ne pensait qu'à cela, à la faim qu'il avait pu avoir. De la peur, des longues heures, pas un mot. C'était vrai qu'il avait eu plus de faim que de peur. Il aurait voulu la rassurer, lui dire qu'il avait trouvé des glands, des noix, des champignons, mais il avait le ventre si creux qu'il n'eut pas le courage de mentir.

— Il n'y a plus rien dans les bois. Les gens du village ont tout ramassé. J'ai... J'ai très faim, mère !

— Tu vas manger. Attends, tu vas manger. J'avais encore un peu de lard, je te l'ai gardé ! Et je t'ai fait une galette aussi. Je l'ai cuite en cachette sur des pierres chaudes. Je ne pouvais pas la porter au four, tu comprends...

— Allez la chercher, mère, interrompit Martin avec un pauvre sourire que la nuit dissimula.

— C'est vrai ! Je parle et, pendant ce temps, tu meurs de faim. Tiens ! regarde, c'est tout préparé.

Elle sortit de dessous les feuilles un panier garni des victuailles annoncées.

— Je l'ai mis là avant que tu arrives. Je ne voulais pas que tu rentres à la maison. Il faut que personne ne te voie. Tes frères pourraient parler. Ils sont jeunes, ils ne comprennent pas. Ne mange pas si vite, tu as le temps. Et cette voisine ! Elle ne change pas, tu sais ! Quand les gardes sont revenus, elle était sur sa porte pour écouter.

— Les gardes sont revenus ?

— Oui. Je leur ai dit que tu étais encore dans les champs mais que je t'avais prévenu.

— Qu'est-ce qu'ils ont répondu ?

— Rien. Ils sont repartis. Ton père croit que je suis folle d'avoir si peur, que le seigneur te pardonnera. Mais moi je n'ai pas confiance. On t'a bien emprisonné, pas vrai ? Je les connais, ils recommenceraient. Il ne faut pas qu'ils te prennent.

Elle chuchotait pendant qu'il dévorait le lard avec une précipitation de chien errant. Quand il attaqua la galette, il étendit sa main sous le menton pour recueillir les miettes. Rien ne devait se perdre.

— Tu verras, poursuivait la mère, tout sera vite oublié. Il faut laisser passer du temps. J'irai demander ta grâce au seigneur, il me l'accordera. S'il ne me l'accorde pas, j'irai supplier la dame.

Un coup de vent monta de la plaine. On l'entendit courir sur les pâtures, secouer le village et se perdre au loin.

— Tu ne peux pas passer la nuit dehors, mon pauvre petit. Il fait trop humide, tu attraperais la mort. Va au monastère, demande asile. Tu n'y seras pas poursuivi. Mardi soir, tu reviendras ici à cette heure. Si j'ai obtenu ton pardon, tu pourras te montrer de nouveau.

— Oui, mère.

— Rends-toi utile, là-bas. Aide les moines, sois bon garçon.

— Oui, mère.

— Va vite ! Ne t'arrête pas en chemin…

Elle multipliait les recommandations, sachant bien qu'il ne les écoutait pas, mais les disant quand même dans l'espoir assez vain que toutes ne seraient pas perdues. Soudain, elle précipita la séparation. Elle embrassa son fils, elle lui donna un baiser rapide sur la joue, un baiser presque indifférent, et le poussa hors des ramures.

— Pars, maintenant !

La tristesse qu'elle ressentit, personne d'autre qu'elle ne la sut. Étendue sur son grabat, les yeux

grands ouverts fixés sur les poutres calcinées qui soutenaient mal un toit de fortune, elle suivit par la pensée la course nocturne de son enfant.

Martin ne reprit haleine qu'au pied d'une croix plantée à un carrefour. Un sentier serpentait sous les arbres. Au bout était le monastère.

Quelques bâtiments très pauvres, une chapelle ornée de fleurs des champs, un cloître minuscule, une dizaine de tombes, un jardin. Le tout entouré d'un mur de pierres sèches et noyé dans le silence.

La cloche qu'il agita retentit dans ce silence comme un appel de détresse. Elle fut entendue de la même façon car il n'eut pas le temps de sonner une seconde fois.

Un judas s'ouvrit avec un claquement sec de mécanique bien entretenue. Vieille habitude plus que précaution car, tout de suite, une clef grinça dans la serrure et la porte s'ouvrit.

Martin vit dans l'encadrement un haut capuchon noir qui ne laissait deviner aucun trait.

— Mon père, je viens vous demander asile.

Le capuchon s'inclina lentement. La silhouette s'effaça pour livrer le passage. Martin entra. Derrière lui, le moine referma la porte.

9

Le droit d'asile

Martin suivit le moine le long d'une allée. Il faisait très sombre quand un nuage cachait la lune. Le garçon n'était pas rassuré.

Il le fut encore moins lorsque son guide ouvrit une porte basse et le fit entrer dans une cellule.

— Mon père, tenta-t-il d'expliquer au moine qui, déjà, allait le quitter, j'ai déniché un oiseau de proie et c'est pour cela que le seigneur…

— Nul n'est tenu d'expliquer pourquoi il demande asile.

La voix était grave, un peu étouffée par le capuchon. Le ton avait une certaine onction et, en même temps, une autorité qui supprimait tout désir de conversation.

Martin se retrouva seul. Point d'autre lumière que celle de la lune quand le vent ne l'enveloppait pas de nuées. Une sorte de lit avec une couverture et une paillasse qui sentait bon les herbes séchées.

Cette odeur rappela à l'enfant certaine vieille paille qu'il avait connue dans une cellule bien plus inquiétante. Les larmes qui lui venaient aux yeux lui parurent donc injustifiées et il les ravala.

N'était-il pas bien, ici ? Et à l'abri ?

À l'abri, surtout ! Du vent, de la pluie, de la faim, des hommes d'armes. À une volée de flèche tout autour du monastère, personne ne devait se saisir d'un fugitif. Le seigneur lui-même ne pouvait violer le droit d'asile. Les moines, en ce siècle de violence, faisaient respecter cette règle de miséricorde. Allons ! Un peu d'énergie ! Pour lutter contre l'attendrissement sur lui-même qui le guettait, Martin continua l'inspection de son nouveau logis. Une table, sous la fenêtre, portait une chandelle. Il y avait encore une chaise. Une petite croix, accrochée au-dessus du lit, paraissait noire sur le mur blanc.

Martin, avec la foi très simple des bonnes gens, se sentit réconforté. Il se mit à genoux, fit le signe de la croix et balbutia les premiers mots de la seule prière qu'il connût. Il aurait voulu prier avec ferveur mais il avait trop sommeil. Les mots chuchotés, bientôt, furent plus hésitants. La pensée s'envola. Il fit un nouveau signe de croix, un peu plus rapide que le premier, et se coucha.

La journée passée dans les bois, les courses à travers la campagne et toutes les émotions ressenties eurent raison aussi de sa tristesse. À peine étendu sur la paillasse, la couverture au menton, il s'endormit en écoutant le vent.

Les cloches des matines ne le réveillèrent pas. Personne ne vint le voir, personne ne s'occupa de lui. Les moines, habitués aux pèlerins, aux voyageurs de toutes sortes qui s'arrêtaient un soir pour repartir le lendemain à l'aube, ne prêtèrent aucune attention à ce jeune traîne-chemins.

Le frère jardinier, quand Martin lui demanda où il pourrait obtenir quelque chose à manger, lui indiqua, du bout de la houe avec laquelle il désherbait le cloître, la direction du réfectoire. Sa haute taille, son visage d'ascète, et surtout sa réponse muette, ôtèrent à l'enfant le peu d'assurance qui lui restait.

À l'heure du déjeuner, debout à la table réservée aux hôtes de passage, il écouta le bénédicité avant de s'asseoir devant une assiettée de soupe. Les religieux, au nombre de sept, mangeaient en silence. La cruche d'eau allait de l'un à l'autre. Les morceaux de pain, dans la corbeille, correspondaient exactement au nombre de convives. Pas un de plus.

Après le repas, Martin erra dans le cloître, à l'abri du vent. Il s'adossa à un pilier auprès duquel des roses trémières ouvraient leurs dernières fleurs attardées dans l'automne. Il était là, à contempler le jardinet, quand il entendit :

— Pst !

Un religieux faisait, en se hâtant, le tour du cloître. Chauve et rose comme seuls le sont certains moines. Son visage n'était que sourire. Il souriait des lèvres, des yeux, des pommettes brillantes, des sourcils blancs.

— Je vois que vous ne savez que faire. Venez avec moi.

Martin hésita.

— Si, si ! Venez ! Vous m'aiderez, insista le moine sans cesser de sourire.

Martin se leva. L'un marchant devant l'autre, ils traversèrent le jardin potager, le cimetière, et arrivèrent dans les dépendances du monastère.

— Je ne suis pas fâché d'avoir de l'aide, dit le moine en souriant toujours.

Et, plus bas, il ajouta :

— Et aussi un peu de conversation.

Pendant tout le trajet, il n'avait pas prononcé un mot, suivant ainsi la règle de la maison qui se vouait au silence. Mais ici, c'était son domaine ; la règle pouvait y être contournée et frère Vincent n'attendit pas une seconde de plus.

— Je suis chargé de la fabrication des fromages. J'ai de la besogne pour toute la journée. C'est bien simple, j'arrive toujours aux offices au dernier coup de cloche.

Il souriait en disant cela, heureux de son innocente indiscipline. Dans ce lieu de solitude, il s'était fait un isolement personnel. Il fit entrer Martin dans une petite étable où, sous une voûte romane, une vache s'accommodait, pour ruminer, de l'exubérance de trois chèvres.

— Voici mon troupeau ! Oui, mes mignonnes, on va vous traire. Eh bien, ajouta-t-il en se tournant vers Martin, je vous ai trouvé du travail. Allez donc me chercher ce cuveau, là-bas, sur l'étagère.

Ce que voulait surtout frère Vincent, c'était quelqu'un à qui parler. Tout en trayant la vache, il poursuivit son monologue qui n'attendait pas de réponse :

— Vous êtes donc entré ici. Vous êtes un peu jeune pour avoir une vocation bien assise, mais

Dieu appelle quelquefois ses serviteurs très tôt. C'est bien, mon fils…

— Mais…

— Oui, oui, je sais ! Peut-être, pendant quelque temps, pourrez-vous m'aider à faire les fromages. J'en parlerai au père supérieur. Oh ! il faudra se montrer habile !

— Je ne suis pas venu pour…

— Bien sûr ! Rien ne presse. Dieu vous a sauvé, c'est l'essentiel. L'autre cuveau. Non, pas celui-là, l'autre, à côté. Il y a trente ans que je suis ici. Au début, j'étais jardinier. Je crois que le père supérieur m'avait donné cette tâche parce que je déteste faire pousser des légumes. Un chou, c'est bête ! À moi, on ne demandait que de faire pousser des fèves et des choux !

Les pis tarissaient l'un après l'autre sous les doigts experts de frère Vincent. Au dernier, le moine se leva lourdement.

— Maintenant, on m'a donné l'étable et j'en suis content. Je parle avec mes chèvres. Avec vous, c'est plus agréable car on a une vraie conversation. Mais elles me répondent, elles aussi, à leur manière. Venez, nous allons faire du fromage frais.

Ils passèrent dans une pièce qui servait de laiterie. Tout y était d'une propreté méticuleuse.

Des pots de grès s'alignaient sur une planche. Une table de chêne, lavée à grande eau, tenait tout le centre. Une autre table, de moindre importance, occupait un coin. Dessus, des jattes de lait caillé attendaient à l'abri d'une gaze qui les protégeait des mouches.

Deux petites fenêtres assuraient une bonne ventilation. L'une d'elles donnait sur la campagne. Martin, en revoyant le pays familier, se demanda par quel enchaînement de circonstances il se trouvait dans un monastère avec ce moine qu'il ne connaissait pas.

« Pour un faucon déniché ! pensa-t-il. Combien de temps vais-je passer ici ? Est-ce qu'il faudra que je me fasse moine, moi aussi ? »

Le mur d'enceinte, soudain, lui parut bien haut. Qu'allait-il advenir si la mère n'obtenait pas sa grâce ? Il resterait toujours ici à faire des fromages avec frère Vincent.

Celui-ci était bavard mais il travaillait. Il sortit d'un coffre un grand morceau de toile fine qu'il déplia puis tendit devant la fenêtre pour en mirer le tissage.

— Je me méfie toujours des trous. C'est effrayant la quantité de fromage qui peut passer par un petit trou ! On croit pouvoir nourrir toute la communauté avec deux jattes de lait et puis, hop ! on soulève le tamis et il ne reste plus rien !

Tout en parlant, il étala l'étoffe sur une grande bassine. À l'aide d'une louche de bois, il versa le lait caillé puis, comme le tissu s'alourdissait sous le poids du fromage, il en fixa les quatre coins sur la table avec quatre galets.

— Écoutez-les bêler ! Je sais bien ce qu'elles veulent, les coquines. Quand je fais des fromages à conserver, je les parfume avec du romarin ou du fenouil. Je vais cueillir mes plantes dans les collines et, à tour de rôle, je les emmène. Cela les change du pré... Aujourd'hui, vous pouvez toujours bêler, nous ne sortirons pas !

Puis, s'adressant de nouveau au garçon :

— Nous irons demander de la ciboulette à frère André. C'est lui qui m'a remplacé au jardin.

— Je le connais. Il arrachait les mauvaises herbes dans le cloître, ce matin.

— Ah ! vous lui avez parlé ? répondit frère Vincent sur un ton de regret.

Mais il n'en dit pas plus. S'il y avait un peu de jalousie entre le frère André et lui, ou un peu de chicane, il sut le contenir dans sa réserve monacale. Il reprit son sourire et, pour avancer davantage en besogne, mira devant la fenêtre un second morceau de toile.

— Prenez une cuiller et goûtez-le en prélevant légèrement pour ne pas abîmer la forme. Vous me direz s'il n'est pas trop sec. Vous voyez que c'est Dieu qui vous envoie ! Nous, les moines, plus que tout autre, nous ne devons pas pécher par gourmandise. Vous m'évitez ainsi un péché.

Martin goûta le fromage.

— Alors ?

— Délicieux !

— Vraiment ?

Martin en reprit.

— Je vous assure !

— Pas trop de sel ?

— Non.

— Assez quand même ?

— Oui.

Frère Vincent saisit une autre cuiller, en racla le fromage.

— Mmm ? fit-il, la cuiller en l'air.

Puis, après un temps de réflexion :

— Parfait !

10

Gayette

Ils sont venus avec leurs épouses, tous les barons qui étaient à la chasse quand le château fut attaqué. Ils ont félicité Guilhem et loué sa vaillance juvénile. Dame Gayette les laissa dans la salle d'hôtes où les cruches de vin passaient de main en main pour étancher des soifs inépuisables. Elle descendit au jardin qu'un vrai miracle avait gardé presque intact.

L'assaut de l'ennemi n'avait pas porté ici ses coups. Fleurs et légumes de la fin de l'été s'y mêlaient, protégés du vent par un dernier rempart. Gayette n'avait d'autre but que la promenade. Elle regarda distraitement les choux d'hiver dont le cœur commençait à s'arrondir, les raves qu'on arracherait bientôt et qu'on conserverait enfouies dans le sable.

Le soleil était encore très doux pour la saison. Une abeille risquait pourtant de mourir de froid pour butiner les corolles meurtries. Il avait plu dans la nuit, toutes les odeurs des haies mouillées emplissaient l'air. Sur les feuilles, de petits escargots laissaient des traces brillantes.

Gayette s'arrêtait quand sa robe s'accrochait aux branches des arbres fruitiers. Elle dégageait l'étoffe d'un petit geste sec et reprenait sa promenade en se mordant la lèvre comme pour réprimer une envie de sourire.

Elle arriva ainsi sous un figuier. Il y avait là un banc d'où l'on pouvait voir tout le pays. La châtelaine resta un long moment à contempler la campagne. Une chanson de toile lui revint en tête et elle la fredonna :

La brise souffle, la ramée se balance :
doux sommeil à ceux qui s'entr'aiment…

Et elle souriait, la belle Gayette, car elle était heureuse. N'était-elle pas aimée d'un des plus gentils seigneurs du Languedoc ?

Ce pas qui s'approchait était peut-être celui de Guilhem. Elle ne se retourna pas tout de suite par crainte d'être déçue. Elle feignit de regarder le paysage qu'elle avait sous les yeux, mais elle ne voyait plus rien. Ni son château de Souilhe sur la colline voisine, ni les nuages au-dessus des bois. Tout son cœur écoutait le sol de l'allée qui crissait d'une façon qu'à présent elle reconnaissait.

Elle ne se retournait point. Encore un moment, encore... Quand elle s'y résolut, Guilhem était auprès d'elle.

— Oh ! comme vous m'avez fait peur !

— Pardonnez-moi ! Je crains toujours que vous ne vous ennuyiez quand je vous vois ainsi, songeuse en un jardin.

Gayette se mit à rire.

— À quoi, à qui croyez-vous donc que je songe ?

Emporté par un mouvement d'amour, Guilhem mit un genou en terre.

— Acceptez, ma dame, un gage de ma foi. Dites, je vous en prie, que vous acceptez !

— Relevez-vous, messire, puisque j'accepte.

Le jeune seigneur fit un signe. Un valet, qui jusque-là s'était tenu caché dans le verger, s'approcha. Il portait sur le poing un oiseau de proie.

C'était un hobereau dont la tête était recouverte d'un capuchon de cuir blanc empanaché de plumes multicolores. À sa patte brillait une bague d'or, ornée d'un grelot.

— Qu'il est beau, messire, et que vous êtes bon !

Gayette lissa du bout de l'index l'endroit, sur le col, où finissait le capuchon. Le rapace frémit. Il décroisa les ailes, prêt à l'envol, mais un sifflement très doux de Guilhem le retint.

— C'est un branchier nouvellement dressé. Le fauconnier qui s'est chargé de son affaitage assure qu'il n'aura pas son pareil.

Gayette partageait avec son noble adorateur la passion de la chasse au vol. Plus encore qu'une agrafe d'or ou qu'une étoffe de lin, un oiseau, offert en gage d'amour, la remplissait de joie.

— Ne vous jouez pas de mon impatience, messire. Quand allons-nous l'essayer ?

— Demain ! Pour célébrer notre victoire, nous chasserons au vol. J'ai envoyé des messagers dans tous les châteaux du voisinage.

Martin était exact au rendez-vous que lui avait fixé sa mère. De nouveau une course à la nuit tombée. Combien y en aurait-il encore ? La vie des proscrits est ainsi faite de longues marches clandestines, d'interminables heures dans des cachettes.

L’enfant attendait au creux du lilas que sa mère jugeât l’obscurité assez épaisse pour le rejoindre.

« Les voisins sont dans leur clos, elle ne viendra pas tant qu’ils ne seront pas rentrés. Je la connais, elle a toujours peur ! Elle se méfie de tout ! »

D’abord, il n’y eut qu’un bêlement d’agneau et celui, plus grave, de la brebis qui rappelait son petit. Puis une dispute de poules ensommeillées pour une place sur un perchoir. Martin retrouvait tous les bruits de ses soirs de liberté.

Puis – et là, il prêta l’oreille – quelques bribes d’une conversation entre voisins.

— Demain.

— Avec les oiseaux ?

— Bien sûr, puisque les dames y seront. Ce sera une grande chasse.

Martin apprit la nouvelle le cœur battant. Son faucon ferait sûrement partie de cette chasse ! Le fauconnier devait être si impatient de montrer son savoir-faire !

Demain !

— Toute la compagnie s’arrêtera à la Font del Planet, continuait d’expliquer l’homme de l’autre côté de la haie.

Le reste de la conversation fut perdu pour Martin. Le couple était rentré chez lui. La mère, qui guettait ce moment, apparut. Elle serra très fort son enfant dans ses bras et, tout de suite, parce que le temps était précieux, elle dit, des larmes plein la voix :

— Je n'ai pas pu parler au seigneur, mon pauvre pitchou ! On ne m'a pas laissée passer le pont. On m'a dit de revenir, qu'il n'était pas là et la dame non plus. Oh ! je reviendrai, je leur ai dit. Je reviendrai jusqu'à ce que je le voie ! Les gardes ont ri. Mais, sois patient, ne t'inquiète pas. Le seigneur est bon. S'il m'avait vue, à ce moment-là, il m'aurait écoutée. J'en suis sûre. J'y retournerai. Je crierai, j'appellerai. Tu verras, je réussirai. Un jour prochain, peut-être…

Oui ! Oui ! Un jour prochain… Ce n'était plus à sa grâce que pensait Martin. Il n'écoutait plus ce qu'elle disait. Il répondait par des hochements de tête, des « oui ! oui ! » distraits. Il aurait voulu que ce fût déjà le lendemain.

Il écourta l'entrevue. La mère le laissa partir, soulagée au fond d'elle-même qu'il ne lui eût pas posé de question au sujet de la chasse. Sans doute n'en savait-il rien. Tant mieux ! Quelle chance qu'il soit au monastère ! Là-bas, il n'en entendrait pas parler.

Martin s'en retournait auprès de frère Vincent. La nuit était noire. Le vent, qui avait soufflé toute la journée, avec le soir s'était calmé. Il accordait un peu de répit aux branches et au chaume des toits. Demain, il recommencerait.

Demain ! Martin, tout en marchant, ne pensait qu'à cela : demain, le seigneur chasserait au vol avec ses invités.

« La compagnie s'arrêtera pour boire et manger dans le pré de la Font del Planet, avait dit le voisin à la voisine. Ce sera commode pour les dames, au bord du chemin. »

La Font del Planet, c'était cette fontaine que le vieux seigneur, père du seigneur actuel, avait fait construire au pied du village pour que les pèlerins puissent s'y désaltérer. Martin la connaissait bien. Souvent il en puisait l'eau dans le cuveau de bois. Il posait ensuite celui-ci au milieu du pré. Les oies s'accroupissaient autour, broutant un brin d'herbe, buvant une gorgée d'eau et comme cela pendant des heures ! Il en profitait pour courir les champs.

C'était là que, le lendemain, son faucon, présenté sur un gant de cuir, serait admiré de toute la compagnie après avoir montré ses qualités de rapace.

Il contourna le coteau qui portait le village et arriva au lieu qu'il voulait revoir. La fontaine était un puits recouvert d'un toit arrondi adossé à un tertre. Deux grands peupliers la surmontaient. En été, un parterre d'orties faisait mériter l'eau au voyageur assoiffé. Que de brûlures il fallait endurer avant de pouvoir se désaltérer !

Martin s'assit sur le rebord de pierre. Dans ce pré où rien ne bougeait que les souffles habituels de la nuit, il imagina l'animation du lendemain. Il vit les grandes nappes de toile blanche étalées sous les arbres pour permettre l'amoncellement des viandes, des coupes de fruits, des gobelets et des aiguières. Il recréa les pages allant d'un invité à l'autre et offrant des mets auxquels lui, Martin, n'avait jamais goûté. Les belles dames riraient en s'asseyant dans l'herbe. Les seigneurs leur montreraient le gibier qu'on aurait tué dans la matinée et qu'on alignerait sur le chemin. Le fauconnier, s'il était rétabli, s'occuperait des oiseaux.

Que ferait-on du hobereau ? Tout le monde l'admirerait, bien sûr. Il était si beau !

Et après ?

S'il était là, Martin, au bon moment ? S'il n'y avait plus de murailles à franchir, de portes à forcer, de pont-levis, de herse ? Rien que quelques valets fatigués par la chasse, quelques pages écervelés, un fauconnier mal guéri de sa blessure ?

Assis sur la margelle, il retenait son souffle.

Les chiens ! On lancerait peut-être les chiens à ses trousses. Alors il serait perdu…

Que ferait-il s'il échappait à tous ces dangers ? Où irait-il ?…

L'œil jaune de l'oiseau, ses culottes rousses, son plumage si doux sur le col !…

Sa façon de planer au-dessus de lui courant sur le sentier !…

Est-ce que tout cela serait encore possible… ailleurs ?…

Le garçon se leva. Brusquement. Sans réfléchir davantage. Il n'avait pas besoin d'étudier le terrain. Il le connaissait. Il savait que là où poussaient les orties, il y avait un creux. Derrière la fontaine. Le toit qui lui donnait de l'ombre, l'eau tombée du cuveau à chaque puisage y entretenaient une bonne fraîcheur…

Quelquefois il y avait un serpent…

Mais seulement en été…

De ce creux, entre les troncs des peupliers, on pouvait voir tout ce qui se passait dans le pré. Et du pré on ne voyait pas le creux derrière la fontaine.

Martin sauta le fossé. Tournant le dos au monastère, il prit la direction des bois.

11

La chasse

Lentement, dans un bruit de chaînes grinçantes, le pont-levis fut abaissé. Les invités, au fur et à mesure de leur arrivée, pénétrèrent dans la première cour d'enceinte où il y eut bientôt une grande animation. Des cris de joie saluaient chaque nouvel arrivant. La rude jovialité de ces cavaliers se donnait libre cours en des rires sonores qu'accompagnaient des bourrades à renverser un paladin. Les dames, bien droites sur leurs haquenées, se montraient plus réservées mais, heureuses de se retrouver après les longs jours d'isolement dans leurs châteaux, elles babillaient tout en jugeant la toilette de leurs voisines. Dames et seigneurs, très souvent, suspendaient les conversations pour interroger le ciel où le vent d'autan faisait rage.

— Les oiseaux voleront bas, aujourd'hui. Trop de vent !

— Il ne durera pas. Ce n'est qu'un vent de nuit.

— Vous voilà bien optimiste !

— Nous avons toujours eu de belles chasses à Soupex.

Les aboiements des chiens se mêlaient aux appels des palefreniers, aux hennissements des chevaux. De cette foule aux mouvements désordonnés, un cortège naquit quand apparut Guilhem. Des vivats retentirent, des étoffes s'agitèrent. La troupe se mit en marche et sortit du château.

Les lévriers couplés, tirant sur la laisse de toutes leurs forces impatientes, entraînaient les valets qui essayaient de les retenir. Les rabatteurs allaient à pied. Puis venait le fauconnier, le visage crispé par un reste de souffrance qu'il tentait d'oublier. Un autour pesait sur son gant. Enfin, messire Guilhem et dame Gayette montant des chevaux noirs, et tous les invités de la chasse.

Le vent soulevait le mantel de velours vert de Gayette, retenu sur la poitrine par un fermail d'argent.

Sur le poing était posé le hobereau et la dame le regardait en riant des yeux.

Le cortège traversa le village entre deux haies de manants respectueusement curieux.

Guilhem répondait aux acclamations par des sourires et des hochements de tête. Il se sentait heureux. L'assaut repoussé, cette chasse qu'il offrait à tous les seigneurs du voisinage prouvaient bien que, malgré sa jeunesse, il avait une place à tenir et qu'il saurait faire face. Et puis voir Gayette si belle au milieu de toutes les autres femmes le rendait éperdument amoureux.

— Ce faucon ne fatigue-t-il point votre bras ? demanda-t-il en se penchant tendrement.

— Point du tout. Il est si beau que je veux l'avoir tout à moi !

— Je suis content qu'il vous plaise.

Dans un élan de joie, Guilhem éperonna son cheval. Dame Gayette, aussitôt, enleva le sien. Ce fut une belle course qui ne prit fin que sur la plaine, là où le ruisseau coulait parmi un fouillis d'herbes aquatiques.

— Nous manquons à la moindre courtoisie, fit Gayette en riant. Voilà vos invités distancés.

— Distançons-les encore, voulez-vous ? Je ne suis pas sûr d'arriver le premier au bout de ce pré.

— Je n'en suis pas sûre non plus.

Elle reprit le galop dans un tourbillon de velours et de lin. La terre dure résonnait sous les sabots du cheval. Ce martèlement répété faisait bondir le cœur. Guilhem le ressentit et piqua des étriers. Les invités furent encore plus oubliés.

Au bout du pré, la jeune femme cabra sa bête. Elle tenait haut levé son poing qui portait le hobereau.

— Pari gagné, beau sire. Hâtons-nous maintenant de commencer la chasse.

Les rabatteurs, pendant ce temps, fouillaient le marais dont ils frappaient les herbes avec des bâtons pour lever le gibier.

Un héron sortit des roseaux, ivre de peur, sentant déjà instinctivement qu'il était perdu. Très vite pourtant, après le fracas de ses ailes déployées, il mit en œuvre toute sa science de grand navigateur pour échapper à l'ennemi. Les pattes allongées sous la queue, le cou replié en arrière, il s'éloignait. Bientôt il aurait disparu.

Les chasseurs se regroupèrent aussitôt. Les conversations prirent fin. Ceux qui n'osaient pas se risquer dans une chevauchée gagnèrent un point d'observation d'où ils pourraient voir le plus loin possible. Les autres s'éparpillèrent ensuite pour mieux se préparer au train d'enfer qui allait suivre.

Guilhem lança son gerfaut de toute la force de son bras puissant.

— À la vol ! À la vol !

Les cavaliers n'avaient attendu que ce geste et le cri qui vint après.

— À la vol ! À la vol !

Ils se jetèrent au grand galop tandis que les chiens étaient lâchés et que l'oiseau s'élevait dans l'espace, repérait sa proie et partait à sa poursuite.

Le héron continuait sa route, comptant encore sur la vigueur de ses grandes ailes. La peur du début avait fait place à une détermination sans faille. Il utilisait le vent sur lequel il s'appuyait de toute son envergure. Les chiens jappaient, la gueule tournée vers le ciel. Les cavaliers suivaient eux aussi le vol des deux oiseaux, à bride abattue, par-dessus les fossés, à travers les fondrières. Malheur à celui qui oubliait de surveiller le terrain. La chevauchée s'achevait pour lui en une chute dangereuse.

Là-haut, le vent décuplait la vitesse des oiseaux. Le gerfaut prit de la hauteur et, dans un ultime coup d'aile, il survola sa proie. Une première tentative de piqué fut sans résultat. Le héron, d'un coup de bec, repoussa l'assaillant. Celui-ci s'éleva de nouveau pour mieux calculer sa prise et fondit avec plus de rapidité.

Alors il y eut le choc, un entremêlement d'ailes, une lutte désespérée, des plumes que l'autan emporta, une chute verticale. Les lévriers achevèrent ce combat inégal quand victime et meurtrier touchèrent le sol.

Les cavaliers convergèrent vers le lieu où se déroulait la mêlée. Messire Guilhem arriva le premier. Son cheval n'était pas encore arrêté que, sautant à terre, il s'était jeté au milieu des chiens. D'un coup de poignard, il ouvrit le corps haletant du héron et en tira le cœur qu'il offrit au gerfaut.

— La chasse continue ! s'écria-t-il joyeusement.

Les chevaux renâclaient, couverts d'une sueur qui assombrissait leur robe. Les chiens tiraient la langue et tressaillaient de fatigue et d'énervement. Guilhem, au comble de l'excitation, s'approcha du cheval de Gayette.

— N'est-il point temps d'essayer ce hobereau, ma dame ?

— Ne voulez-vous pas leur permettre de souffler un moment ?

— Qui donc est fatigué, ici ? s'étonna Guilhem, de nouveau en selle.

Ils quittèrent le marais. Le vent avait suivi les prévisions du chasseur optimiste, il avait modéré sa violence. Le ciel, nettoyé de tous ses nuages, était très clair. Guilhem se retourna pour embrasser son fief d'un regard de possesseur.

En chemin, on lança les autours [1] sur des lièvres. Ceux-ci gagnaient les bois, croyant y trouver un abri, mais les oiseaux se laissaient tomber sur eux et, d'une seule prise, leur brisaient la nuque. Le tableau de chasse s'augmenta encore de quelques lapins puis on monta à flanc de coteau

1. Rapace proche de l'épervier.

jusqu'à la bordure des vignes où le gibier se terrait, pris entre l'instinct qui lui commandait de rester au sol et l'irrésistible envie de fuir à tire-d'aile.

Guilhem rangea sa monture près de celle de dame Gayette.

— Accordez-moi, je vous prie, l'honneur d'être le servant de votre chasse.

— Bien volontiers, mon doux seigneur, si quelque perdrix veut se lever.

Les chiens, une fois de plus, furent mis à contribution. À chaque proie, leurs forces semblaient renaître, tant l'ardeur de la chasse les animait. Quand ils se coulèrent entre les ceps, ce fut un envol général.

Guilhem se pencha sur la selle pour retirer le capuchon du hobereau. Gayette, d'un geste gracieux, lança l'oiseau. Des cris jaillirent autour d'elle, destinés à exciter le rapace. Cette fois, il n'y aurait pas la belle chevauchée de la chasse au héron. La dernière perdrix partit à ras du sol. Le faucon, très haut dans le ciel, choisit le moment et plongea.

Les chevaux s'enlevèrent mais Gayette retint le sien. Puisque Guilhem s'était proposé pour son service, c'était lui qui devait récupérer le faucon et rapporter la proie en hommage.

Elle resta seule, bien droite sur son cheval frémissant d'envie de désobéir, et elle regarda la lande en contrebas jusqu'au moment où les deux petites taches noires ne firent plus qu'une et s'abattirent.

À leur point de chute, un enfant se précipita.

12

La perdrix

Incapable d'attendre dans le trou de la fontaine du Planet, Martin avait suivi la chasse depuis le matin. Utilisant les plis du sol, les haies et les boqueteaux, il n'avait pas quitté des yeux le manteau de velours vert de Gayette sur la croupe du cheval noir, et surtout l'oiseau posé sur le gant de la dame et qui était son oiseau, à lui.

Soudain, il avait vu la perdrix s'envoler, le rapace gagner du terrain, se rapprocher régulièrement de la fugitive, la survoler, tomber ! Alors, sans réfléchir aux conséquences de son acte, il avait bondi hors de l'abri des vignes et s'était jeté sur les deux oiseaux.

— Tout doux ! Mon beau ! Tout doux ! Tout doux !

Mais les mots des jours d'amitié n'avaient plus le même son. Ce n'étaient plus les appels heureux dans les crépuscules de l'été, ceux qui mettaient un terme aux longues courses sous les arbres. Ils étaient dits dans l'épouvante, comme un cri désespéré. Celui auquel ils s'adressaient ne les comprit pas. Il ne pouvait plus les comprendre. Resserrant sa prise, le rapace fit son métier de tueur aussi bien, aussi sûrement qu'on le lui avait appris.

— Là ! Là ! sanglota l'enfant. Laisse ! Laisse !

Il n'entendait pas le galop des chevaux qui allaient le piétiner, il ne sentait pas sur ses mains les déchirures profondes que les serres du faucon ouvraient. Il défendait follement un petit sac de plumes très douces, à la tête dodelinante, déjà inerte.

Le hobereau, étonné de cette lutte à laquelle l'affaitage ne l'avait pas préparé, s'éleva lentement pour répondre au sifflement contenu du fauconnier qui lui tendait une lanière de viande.

Martin resta au milieu du sillon, secoué de sanglots, la perdrix encore chaude pressée contre sa poitrine.

— Qui es-tu ? gronda un chasseur en cabrant son cheval.

Il ne répondit pas. Que pouvait-il répondre ? Il n'était qu'un serf qui contrecarrait la chasse de son seigneur. Il continua de pleurer en regardant les ailes brunes aux reflets bleutés de la perdrix.

Les cavaliers l'entourèrent, les uns riant, les autres protestant. Les chevaux piaffaient, les chiens jappaient. Lui, au milieu de ce vacarme, attendait la punition qu'on infligeait aux serfs indociles.

— Es-tu fou, manant, ou bien me braves-tu ? s'écria Guilhem.

Martin, cette fois, aurait voulu dire quelque chose. Mais que dire ? Il éleva à bout de bras le corps sanglant de la perdrix et, sans un mot, l'offrit à son maître.

Au même moment, Gayette arriva.

— Qu'y a-t-il ? demanda-t-elle. Que veut cet enfant ?

Le fauconnier s'avança. Avec une lenteur étudiée, il déposa le faucon sur le poing de la châtelaine.

— Il y a, très noble dame, que ce rustre ose disputer un oiseau à son seigneur.

— Que dites-vous là ? fit Guilhem.

Gayette connaissait le caractère impétueux de celui-ci.

— Comment t'appelles-tu, enfant ? questionna-t-elle pour couper la parole au baron et lui laisser le temps de se ressaisir.

— Martin.

— Comment dis-tu ? reprit Guilhem, sur ce ton direct qui était le sien.

— Martin, messire.

— Le fils de Brichot le bûcheron ?

— Oui, messire.

— Serait-ce toi qui as sonné la cloche quand l'ennemi arrivait ?

L'enfant hésita sur la réponse à faire. De cette réponse pouvait sortir tout le bien ou tout le mal. Il vit que le fauconnier s'éloignait un peu, comme s'il se fût absorbé dans la surveillance de ses oiseaux.

— Ne peux-tu pas répondre quand ton seigneur t'interroge ?

— Oui, messire. C'est moi !

Un sourire passa sur le visage de Guilhem.

— Ah ! Te voilà, enfin ! Sais-tu qu'il y a huit jours que je te fais chercher, méchant drôle ? Où étais-tu donc ?

Il n'attendit pas la réponse. Se tournant vers les invités de la chasse, il s'exclama :

— La chose est plaisante, ne trouvez-vous pas ? Mes vilains n'ont pas encore de poil au menton qu'ils sauvent mon château et me disputent mon gibier ! Allons, petit, n'aie pas peur. Je te faisais chercher pour te récompenser. Nous te devons bien cela, tous autant que nous sommes. Que désires-tu ? Je te le donne déjà.

Martin tremblait comme une feuille. La juvénile gaieté de Guilhem Arnal l'épouvantait plus que sa colère. Elle le prenait au dépourvu.

Ainsi donc, c'était pour le récompenser que le seigneur l'avait appelé, que les gardes étaient allés à sa maison ! La grande peur de la mère, les fuites de nuit dans les bois, les longs jours cloîtré dans le monastère, tout cela, c'était pour rien !...

— Eh bien, que veux-tu ? Cette perdrix pour ta marmite, un sac de blé, six pains ? Tu n'as qu'à demander. Je prends ici la compagnie à témoin : je t'accorderai ce que tu voudras.

Martin, du revers de sa main marquée de sang, essuya ses larmes.

— Ce que je voudrais, messire ?

— Ton insistance m'offense ! Douterais-tu de la parole de ton seigneur ?

Une résolution brilla dans les yeux de l'enfant.

— Messire, c'est lui que je veux.

De son doigt tendu, il montrait le hobereau posé sur le poing de Gayette.

Les nobles cavaliers rirent à gorge déployée. Jamais ils n'avaient vu une audace aussi drôle : un serf – et d'une douzaine d'années encore – qui réclamait un oiseau de proie !

Guilhem cacha sa surprise. Il fronça les sourcils, ne répondit pas aussi vite qu'il aurait dû mais dit enfin :

— Voilà bien que tu m'embarrasses ! Je ne trahirais pas ma promesse, cet oiseau serait à toi s'il m'appartenait. Mais... il ne m'appartient pas. Choisis-en un autre dans ma fauconnerie.

— Non, messire, c'était celui-ci que je voulais.

— Le voici, fit Gayette. Ce faucon m'appartient et la parole de ton seigneur est aussi la mienne. Nous te devons beaucoup. Sans toi, nous ne chasserions pas, peut-être, à cette heure. Tiens ! prends-le. Il est à toi.

Les rires se turent. Elle abaissa son poing de telle sorte que le faucon encapuchonné fût au niveau du visage de Martin. L'enfant hésita, regarda la châtelaine qui lui souriait, inclinée vers lui, puis il approcha la main. Au moment de saisir l'oiseau, il la retira précipitamment.

— Je remercie Leurs Seigneuries, fit-il. Mille fois. Je les remercie mille fois !

— Ne remercie pas, répliqua Guilhem. Tu es le diable en personne !

Le jeune homme se tourna vers le fauconnier qui, prudemment, se tenait en arrière.

— Fauconnier ! appela-t-il. C'est un peu à vous, aussi, que nous devons d'avoir entendu la cloche d'alarme. N'est-ce pas vous qui avez mis ce maraud en position de guet ?

— Seigneur, tenta d'expliquer le fauconnier en s'approchant, croyez bien que…

— Je sais ! Je sais !… Mais donnez-lui donc votre gant. Ses mains ne sont déjà que trop blessées.

Le fauconnier pâlit sous l'emprise d'une colère qu'il n'osait laisser éclater. Il ne put se résoudre à tendre le gant. L'arrachant vivement de sa main, il le jeta dans l'herbe aux pieds de Martin. Puis, risquant tout après une telle offense, il piqua des étriers et s'éloigna au grand galop.

Dans les yeux de Guilhem, une petite flamme malicieuse brillait.

L'enfant ramassa le gant et en vêtit son poing. Autour de lui, les cavaliers se remirent à rire mais sur un autre ton. Ils s'amusèrent de son air buté, de cette gravité de son visage aussi. Comment pouvaient-ils se douter que pour Martin il n'y avait en ce moment aucune joie et que ce n'était plus un ami que l'enfant retrouvait ?

— Voici ton bien, dit Gayette en tendant l'oiseau. Il est à toi. Tu l'as vraiment mérité. Je te le donne et te remercie.

Guilhem Arnal s'impatientait.

— Est-ce que la chasse va s'arrêter là ? s'écria-t-il en tournant bride. Nous avons encore trois éperviers à lancer !

Déjà, il brûlait du désir de repartir. Son grand cheval noir dansait sur place dans les sillons, pendant que les invités, à leur tour, faisaient volte-face.

— Un hobereau si magnifique ! murmura à son voisin une vieille barbe qui s'essoufflait à suivre la chasse.

— Mon cher Eudes, répondit son compagnon, vous connaissez les Soupex : ils n'ont qu'une parole.

— Tout de même ! Un serf !

— Eh oui ! Même avec les serfs ! Mais vous avez raison, c'est pure folie !

Martin les regarda s'éloigner. Son poing tremblait tellement que le rapace décroisa les ailes et, doucement, accentua sur le gant la crispation des serres.

13

Le grelot

Martin n'ôta pas le capuchon au hobereau. Le gant haut levé, le corps raidi, il marcha dans les labours et sur les prés. Tout droit, vers une destination connue de lui seul.

La bête ne cherchait pas à fuir. On lui avait appris à ne pas quitter le poing après la chasse. Elle avait oublié qu'il existait des bois grouillants de souris et d'oiseaux, un ciel où voler pour la seule joie d'être libre, un ruisseau pour se désaltérer.

Elle ne connaissait plus que la nourriture servilement acceptée et le combat à gagner chaque fois que s'élevait le capuchon au-dessus de sa tête.

Martin n'avait pas besoin de regarder le faucon. Il savait qu'il ne le reconnaîtrait pas. L'ami était perdu. Pourquoi n'était-il pas mort dans quelque lacet avant de devenir le tueur qu'il était maintenant ? Martin n'aurait pas eu à faire ce chemin qu'il avait entrepris.

Il trouva le marais tout bruissant de roseaux. Les arbres, autour, n'avaient plus une feuille. Des masses de verdure de l'été ne restaient que de longues branches noires maltraitées par l'autan.

Sur l'autre bord de l'eau, la masure émergeait des herbes flétries. Elle avait toujours son air paisible de ruine que personne n'approche. Son air trompeur, puisqu'elle n'avait pas su garder le secret à l'intérieur de ses murs croulants.

Martin y arriva. Il ne regarda pas de tous côtés, il n'écouta pas le vent, il ne ressentit pas cette émotion qui l'étreignait, autrefois, quand il craignait d'être découvert. Il était calme. Plus rien à cacher. Il pouvait faire craquer les branches mortes, les roseaux qui encombraient son chemin. Il n'avait rien à redouter. Rien ! Personne !

Pourtant, comme il avait le cœur serré ! Si serré qu'il respirait avec peine.

Il escalada le mur, chercha dans l'herbe la cage que le fauconnier avait abandonnée, la trouva. Un des barreaux était brisé, mais elle pouvait servir encore.

Il y introduisit le faucon posément, les sourcils froncés pour retenir des larmes qu'il ne voulait pas laisser couler. Le capuchon ôté venait de lui révéler un œil jaune, très clair, très brillant, au regard fixe, et qui restituait l'ami de l'été.

Agenouillé dans l'herbe, assis sur les talons, Martin resta un long moment à contempler le prisonnier.

« Tout, peut-être, serait encore possible, se disait-il. En le gardant longtemps enfermé. Qui sait ? »

Mais une image revint à son esprit. Il vit la perdrix affolée volant au ras des sillons et le rapace, sûr de toute la science apprise, fondre sur elle, lacérer ses plumes. Il s'entendit crier les mots du temps de leur amitié et qu'il avait criés en vain. Surtout, ce qui lui faisait le plus mal, c'était cette obéissance servile au sifflement du fauconnier.

« Un tueur ! Tu n'es qu'un tueur. Maintenant tu ne sais rien faire d'autre. »

Martin plaça la cage dans le trou du mur, derrière les branches du sureau ; puis il quitta la ruine.

Tête basse, il s'en alla par les chemins. Qui l'aurait rencontré aurait pu lire sur son visage une dure détermination née au moment même où Guilhem Arnal lui avait offert de combler une de ses volontés.

Mais il ne croisa qu'un serf qui se garda bien de le dévisager. Celui-là aussi avait suivi la chasse, dans le vain espoir de trouver un lièvre oublié, une perdrix blessée. L'homme se coula derrière un bouquet d'arbres, comme un malfaiteur, farouche, déterminé à manger enfin.

Martin connaissait tous les fruits des haies, ceux qui rendent les heures moins longues aux petits bergers et les autres, les vénéneux, les redoutables. Il fit, de ces derniers, une cueillette mortelle qu'il garda au creux de la main jusqu'au village.

Il ne rentra pas chez son père. Trop de curieux l'y attendaient auxquels il n'avait pas envie de répondre. Plus tard, quand tout serait fini.

« Oui. Plus tard ! »

Une vieille femme habitait seule une chaumière isolée. On la disait sorcière parce qu'elle était laide. Sa maison avait été épargnée par la guerre et on prétendait que c'était grâce à des incantations murmurées au clair de lune. Cela n'avait rien de rassurant mais, comme elle vivait très retirée, elle ne poserait pas de question. Était-elle seulement au courant de ce qui était arrivé à Martin ? Voilà pourquoi il la choisit, malgré la crainte que lui inspiraient les racontars dont elle était l'objet.

Il pénétra dans le taudis en tremblant. La vieille, qui se chauffait, ne se dérangea pas.

— Qui es-tu ? cria-t-elle.

— Le fils de Brichot, le bûcheron.

— Parle plus fort !

— Le fils du bûcheron !

— Connais pas.

Du bout d'une branche, elle se mit à taper les tisons d'où jaillirent des étincelles. Une flamme, réveillée par ce traitement intempestif, sortit de dessous les bûches. Le visage de la sorcière prit une teinte rouge cependant que son ombre dansait sur le mur.

Martin eut envie de s'enfuir à toutes jambes. Comment d'ailleurs expliquer à une vieille sourde qu'il lui fallait cette chose si précieuse, si introuvable : un morceau de viande ?

— Je ne t'entends pas !

— Un peu de viande !...

— Je ne l'ai pas vu.

C'était désespérant. Il allait hurler sa demande quand, soudain, il avisa une couenne accrochée aux solives.

— Je voudrais ça ! fit-il en la montrant du doigt.

La vieille pivota sur son escabeau. Redressée

autant qu'elle le pouvait, elle considéra les poutres au-dessus de sa tête.

— Tiens ! dit-elle. Je ne savais pas que je l'avais. Ma vue baisse. Décroche-la. Nous la partagerons.

Tandis qu'il grimpait sur la table, elle eut un rire qui montra sa mâchoire édentée.

— Elle ne date pas d'hier, tu sais. Ça fera quand même une bonne soupe !

En ces temps de disette et de nourriture âprement disputée, elle donnait la moitié de son lard avec un éclat de rire. Elle était sûrement sorcière !…

Lorsqu'il eut sa part, Martin se sauva. La peur de la vieille, un moment, lui avait fait oublier son chagrin mais, quand il fut de nouveau seul au bord du marais, tout lui revint.

Il dut s'arrêter un instant, se cacher derrière un arbre. Le paysan continuait ses recherches, buisson après buisson, famélique, la fronde maintenant au poing, prêt à lancer une pierre sur le premier gibier aperçu. Martin le vit s'approcher de la ruine, battre les roseaux et jeter souvent des regards en arrière pour s'assurer qu'il n'était pas surpris.

Aucun oiseau ne se leva. Ils semblaient avoir tous disparu avec la chasse du seigneur Guilhem.

Alors le malheureux contourna le marais, ignorant la présence du faucon.

Martin sortit de sa cachette. Dans l'herbe, il déposa les baies, les contempla longuement. Avec un bâtonnet, il racla la couenne pour émietter le lard. Puis, après avoir exprimé le jus des petits fruits sur la viande, il fit une boulette entre ses doigts tremblants et s'approcha de la cage.

Le faucon le regardait de son œil jaune. Déjà, il tendait le bec.

« Non ! Je ne peux pas ! »

Martin jeta l'appât loin de lui dans les buissons.

« Je ne veux pas ! »

Il saisit le faucon à deux mains pour lui emprisonner les ailes. Le tenant serré contre sa poitrine, il détacha de la patte le grelot d'or et déposa un baiser sur le sommet du crâne.

— Voilà, j'ai enlevé cette marque à ta patte. C'est mieux ainsi, non ? Est-ce ta faute si tu n'es plus mon ami ? Mais tu le redeviendras peut-être. Tu te souviens quand j'avais peur que tu ne reviennes pas ? J'ai beaucoup plus peur maintenant mais je vais essayer. Je vais te libérer et tu reviendras. Dis, tu reviendras ?

Il ne put continuer tant sa peine était lourde. Il se leva, desserra son étreinte. Il vit deux ailes se déployer, monter un peu, hésiter comme pour chercher la proie sur laquelle on les lâchait et tomber soudain à la verticale, perdant leurs plumes.

Sur l'oiseau foudroyé d'une pierre, le braconnier s'élança. Poussé par la faim, risquant le cachot pour une soupe, il avait mis à profit le désarroi de la bête rendue à la liberté.

Martin étouffa un cri. Son cœur lui faisait si mal qu'il ne sentait pas la brûlure d'une longue estafilade rouge sur son bras. Il se jeta à plat ventre au milieu du sentier et pleura jusqu'à l'épuisement de ses forces.

Au creux de sa main, le grelot d'or était tout ce qui lui restait de son aventure.

VIVRE AU MOYEN ÂGE

LA SOCIÉTÉ

Au Moyen Âge, trois groupes composaient la société féodale : les paysans qui travaillaient la terre, les chevaliers qui combattaient, les hommes d'Église qui priaient. Il en fut ainsi jusque vers l'an mille. Peu à peu vint s'ajouter un quatrième groupe, constitué par les gens des villes : marchands, artisans, ouvriers.

Cette société fonctionnait selon un système politique et social : la féodalité. Celle-ci reposait sur le lien qui unissait deux hommes libres, le vassal et le seigneur ou suzerain. Le vassal, qui devait aide et obéissance à son suzerain, recevait en échange une terre ou fief, dont les revenus lui appartenaient toute sa vie.

Une partie des terres est réservée au propriétaire, le reste est loué à des paysans libres, les vilains, ou non libres, les serfs (comme Martin et ses parents). Ces paysans paient des droits seigneuriaux, cultivent les terres de leur seigneur et s'acquittent de corvées comme l'entretien des fossés et des murailles du château. Si les vilains sont libres d'aller s'installer ailleurs, les serfs sont attachés au fief qu'ils ne peuvent quitter. Le seigneur, en échange, doit protection à ses paysans, qui se réfugient à la première alerte dans le château.

LE VILLAGE

La majorité de la population vit donc à la campagne, dans les villages, dont les plus grands pouvaient compter jusqu'à cinq cents habitants. Le village est bâti autour d'une église ou d'un château. L'organisation du travail est collective : certains biens sont communs (le pressoir, le moulin, le four à pain), bon nombre de travaux sont regroupés. Il en est ainsi des moissons auxquelles, en été, tout le village participe. Puis les bêtes du village (vaches, chevaux, moutons, chèvres) vont en pâture sur les terres qu'elles fertilisent. Le terroir est donc constitué par champs et pâturages. Quant aux bois et aux forêts, ils servent à la fois de lieux de pacage pour le bétail et de réserve de bois. Le seigneur y chasse. Les villageois, eux, peuvent se spécialiser et devenir forgerons, menuisiers ou charpentiers.

LE CHÂTEAU

Le seigneur habite dans le château ou le manoir, de formes et de dimensions variables selon sa richesse. Ces châteaux sont souvent de véritables forteresses avec des remparts et des tours entourés d'un fossé. On y entre par un pont-levis et l'on pénètre d'abord dans une cour où se trouvent des bâtiments de service : magasins, écuries, cuisines, ateliers. Dominant l'ensemble et entouré d'un mur de protection : le donjon. C'est là que se trouve le cœur du château : une grande salle pour rendre la justice ou pour donner des banquets ; les autres salles servent de chambres à coucher. Le mobilier est simple : lits, bancs, sièges, tables, coffres, bahuts. Sur le sol des tapis d'herbes ou de joncs ; sur les murs des tapisseries.

Les distractions sont rares et donc bien accueillies. Souvent des jongleurs demandent l'hospitalité, ou des montreurs d'ours, des musiciens, des conteurs. On appelle les poètes et les musiciens trouvères dans le Nord, troubadours dans le Sud. Car la France médiévale est partagée en deux parties, séparées par une frontière géographique qui passe par le Limousin d'aujourd'hui. On nomme le pays du Nord, le pays d'Oïl, parce que le mot « oui » s'y dit « oïl ». En fait, pour les gens du Sud, le pays d'Oïl forme la France. Le pays du Sud est le pays d'Oc parce que le « oui » se dit « oc ». C'est la région où l'on parle la langue d'oc (pensez au Languedoc d'aujourd'hui).

C'est là qu'habite Martin.

LES LOISIRS

Les changements de saisons, le temps des moissons, les fêtes religieuses, qui recoupent souvent d'anciennes fêtes païennes, sont l'occasion de loisirs variés : on danse et l'on fait de la musique au village.

Pour le seigneur, la chasse reste la distraction principale. Elle peut se faire à courre (en poursuivant le gibier) mais très souvent, elle se déroule avec l'aide d'un oiseau de proie : le faucon. Cet oiseau une fois capturé, qui est le héros de notre roman, est dressé par le maître fauconnier, personnage très important. Pour un paysan, c'est un crime que de chasser sur les terres de son seigneur. Un des premiers droits accordés par la Révolution française sera d'ailleurs le droit de chasse pour tous. On comprend dès lors la gravité de la faute de Martin qui a osé s'emparer d'un oiseau essentiel à la chasse du seigneur : le faucon.

Table des matières

Si tu as aimé ce roman,
tourne la page
et découvre vite un extrait de

L'homme qui a séduit le Soleil

1661. Quand Molière sort de l'ombre...

de Jean-Côme Noguès

Paris, 1661

1

Le Pont-Neuf

GABRIEL aurait voulu dormir encore, mais, en bas, dans sa cuisine au ras de l'eau, la mère Catoche n'avait pas attendu le point du jour pour se lever. Le garçon se retourna sur son grabat, écoutant la vie qui reprenait aux deux étages de la masure. Il reconnaissait les voix, les appels de l'un, les protestations de l'autre, le ronchonnement habituel de Matoufle. Et puis il y eut un rire en cascade, des bribes de chanson lancées sur un ton joyeux. C'était Amapola qui s'éveillait. La mauvaise humeur de Matoufle en fut augmentée.

« Comme tous les matins », se dit Gabriel.

Il occupait un réduit sous les toits dont le seul avantage était qu'il ne le partageait avec personne, si ce n'était avec les rats. Une fois tiré de son sommeil, il l'abandonnait sans regrets.

— Alors, Matoufle, la vie est belle aujourd'hui ?

— Y a longtemps qu'elle a fini d'être belle, la vie !

Le vieux chiffonnier descendait l'escalier aux marches branlantes, un crochet dans la main droite, un sac sur l'épaule, grognant à chaque pas.

— Maudite jambe ! Va falloir la tirer jusqu'à ce soir !

À une fenêtre du premier étage, une jeune fille chantonnait en contemplant la Seine et en peignant sa longue chevelure brune.

— Bonjour, Amapola ! lança Gabriel.

Elle lui jeta un regard qu'elle accompagna d'un sourire, tout en continuant de chanter.

À l'entrée de la cuisine, les difficultés allaient commencer. La logeuse fourgonnait dans la cheminée, un tas de menu bois à côté d'elle pour ranimer le feu. Lorsqu'elle se redressa, elle soutint ses reins qui la faisaient souffrir comme, disait-elle, ce n'était pas possible de souffrir, rajusta d'une main impatiente son maigre chignon défait et, grognonne par profession, apostropha Gabriel.

— Ah ! te voilà, toi ! Je parie que tu vas me demander une jatte de lait !

— Tout juste !

— Et pourquoi pas aussi un quignon de pain ?

— Et pourquoi pas ?

— Et avec quoi que tu vas me payer ?

Gabriel prit un escabeau et s'attabla sans la moindre hésitation, clouant son regard aux allées et venues de la grosse Catoche.

— Ce soir, j'aurai gagné assez pour te payer, rassure-toi. S'il le faut, je resterai sur le Pont-Neuf jusqu'à ce qu'il devienne vieux.

Elle ne lui résistait pas longtemps, il le savait. Enfant sans famille, il en avait trouvé une, en quelque sorte, dans cette maison où vivotaient des miséreux qui, pour la plupart, n'espéraient même plus des jours meilleurs. La nuit le ramenait, sur la berge envasée, à la masure ancrée au bord du fleuve comme une barque pourrissante, où d'autres vies se réchauffaient devant un feu de planches trouvées dans les décombres et un bol de lait bourru.

Seulement, de temps en temps, le moins souvent possible, il fallait payer sa part de la dépense.

Le chiffonnier vint s'asseoir à l'autre bout de la table. Il sortit de son habit un long couteau qui lui était un compagnon des jours l'un après l'autre voués à la recherche de trésors monnayables. Les mains posées à plat sur le bois tailladé, taché de vin et de gras, il attendit, se refusant à gaspiller encore des mots puisque l'hôtesse n'ignorait pas ce qu'il voulait.

Elle déposa devant lui une écuelle de soupe épaisse et tout fut comme le vieil homme le souhaitait. Ce qui, pour autant, ne lui rendit pas une bonne humeur définitivement perdue.

— Dis donc, Matoufle, t'as vu ma chemise ? attaqua Gabriel quand il estima, non sans risque d'erreur, que le chiffonnier avait fini de manger. Bientôt, on n'y verra plus que les trous, tellement elle est déchirée. Et de quoi j'aurai l'air ? Tu pourrais pas m'en trouver une autre ?

— Va savoir !

Matoufle ne voulait pas s'engager, mais le garçon comprit qu'il aurait bientôt une nouvelle chemise. Certes, elle ne serait pas neuve, mais elle ferait une saison et, comme l'été approchait, un souci, ainsi, s'en allait.

La chanson d'Amapola dégringola l'escalier. Un jupon rouge tourbillonnant entra dans la salle, un coquelicot joyeux qui lança à la cantonade :

— Bonjour tout le monde !

— Atch ! fit Matoufle sans cacher son irritation.

Rejetant l'assiette au fond de laquelle ne restait rien de la soupe, il se leva et sortit de son pas traînant mais inépuisable. Gabriel profita du remue-ménage pour s'éclipser à son tour.

Quand il fut dehors, la vieille maison, si vieille qu'elle menaçait de s'écrouler dans le fleuve, fut oubliée, et les rats du grenier, et la promesse de payer le soir même la mère Catoche. Il allait, le long de la rive, vers le Pont-Neuf. Au fil de la marche, il devenait un autre, léger, bondissant, le sourire aux lèvres, le cheveu en bataille et l'œil pétillant.

Le mois de mai accrochait de jeunes feuillages aux branches des arbres sur la berge. Des bateaux remontaient le courant, tirés par de robustes chevaux à la croupe tendue par l'effort. Les lavandières tapaient du battoir avec entrain. Une journée commençait, qui promettait d'être belle. De quoi serait-elle faite ? On verrait bien !

Le Pont-Neuf, lorsque Gabriel y arriva, était déjà occupé par les baladins et les bonimenteurs. On s'y disputait ferme pour obtenir ou conserver une bonne place. S'il y connaissait tout le monde, le garçon n'y avait pas que des amis.

— Encore toi ? lui lança un grand escogriffe habillé de jaune et de vert, avec des clochettes à son chapeau.

— Est-ce que je ne dois pas gagner ma vie, moi aussi ?

— Va la gagner ailleurs !

Prudent, Gabriel n'insista pas. Il lui fallait souvent œuvrer des poings pour conquérir un petit carré de pavés à l'entrée du pont. En retour, il recevait quantité de coups qu'il essayait, autant que possible, d'éviter.

Les passants et les badauds n'étaient pas encore nombreux, aussi chacun s'installait-il en prenant son temps. Un jongleur s'exerçait au maniement de torches enflammées. Jambes écartées pour assurer l'aplomb nécessaire, visage impassible, toute la mobilité contenue dans les bras et les épaules, il se concentrait sur le feu qui montait et descendait au-dessus de sa tête. Il n'avait pas besoin d'aide. Gabriel passa sans s'arrêter.

Un peu plus loin, un homme disposait sur un étal des sachets fermés d'un cordonnet et des petits pots de terre cuite bouchés par un tampon de liège. L'individu intriguait Gabriel, qui aurait voulu l'aborder mais n'osait le faire. Il était grand et maigre, avec un visage long qui exprimait une gravité dont, visiblement, il ne cherchait pas à se départir.

Le pont commençait à s'animer en un brouhaha joyeux, un va-et-vient incessant, mais il ne fallait pas s'y tromper. Au-delà des rires et des appels, des cris et des chansons de rue, les unes gaies, les autres tristes désespérément, c'était la lutte pour la vie qui se jouait sur les arches de pierre. Le mendiant était mal vu parce qu'il apportait sa décrépitude à la joie pourtant factice qui interpellait le passant. On le chassait avec des gestes brusques et des mots violents, sans pitié, tandis que les tire-laine flânaient, apparemment insoucieux, l'œil à l'affût, occupés à ne pas laisser s'échapper sans rien essayer une escarcelle[1] bâillante ou un sac entrouvert.

1. Grande bourse suspendue autrefois à la ceinture.

Gabriel se demandait comment il allait pouvoir gagner quelques piécettes lorsque, au centre de la place, Amapola parut. Son jupon rouge dansait toujours. Un mouchoir bariolé retenait sa chevelure. À son bras était passée l'anse d'un panier débordant de lilas. Gabriel courut à sa rencontre.

— Dis donc, ma belle, où tu as trouvé ces fleurs ?

— Ça t'intéresse, petit démon ?

— Tu les as cueillies sans doute sur tes terres.

— Exactement.

Tous deux partirent d'un grand éclat de rire. Il se trouvait dans les faubourgs tant de jardins enclos de murs d'où dépassaient tant de bosquets fleuris qu'il n'y avait qu'à avancer la main sans même parfois se hausser sur la pointe des pieds.

— Il faut bien que les gens de Paris s'aperçoivent que le printemps est arrivé, dit Amapola sans donner plus d'explications sur l'origine de sa cueillette.

Et elle esquissa un pas de fandango[1], le panier au-dessus de la tête, les bras en arceaux et le menton pointé.

1. Danse espagnole.

Une grappe de lilas tomba à ses pieds. Aussitôt, un jeune galant, gentilhomme à n'en pas douter, se pencha et la ramassa. Il fit mine de la rendre, mais très vite la porta à son visage. D'un geste impertinent, il s'en caressa la moustache.

— Elle est à moi, affirma-t-il en découvrant des dents blanches comme pour dévorer la fleur.

— Si vous l'achetez.

— Elle est donc à vendre ?

— Avec les autres qui sont là.

— Et combien me coûtera-t-elle ?

— À vous d'en fixer le prix.

Elle le provoquait tout en se tenant prête à s'esquiver lorsque l'inconnu se montrerait trop intrépide. Elle jouait de la prunelle, de la gaieté de sa jeunesse, et lui ne demanda pas plus qu'un instant de fanfaronnade enjôleuse. Il tira de sa bourse une pièce de dix sols qu'elle attrapa à la volée.

— Bien le merci, mon beau seigneur !

— Je vois que tu te débrouilles bien toute seule, dit Gabriel avec de la gouaille dans la voix.

Elle sentit que, sous le ton moqueur, le garçon cachait une incertitude. Elle en fut touchée.

— À midi, quand les cloches de Notre-Dame sonneront, viens me retrouver. J'aurai sûrement du pain et peut-être quelque chose à mettre dessus.

— Peut-être que moi aussi, j'aurai de quoi acheter trois pommes. Nous nous offrirons un bon déjeuner.

Elle lui ébouriffa les cheveux afin de lui arracher un sourire et il en fut rasséréné. Le désespoir ne durait jamais longtemps chez Gabriel. Si la lutte pour la vie était âpre et les rivalités souvent exacerbées parmi les saltimbanques du Pont-Neuf, un compagnonnage existait aussi, une solidarité de nécessiteux insouciants qui partageaient dans la bonne humeur ce que le jour leur apportait.

— Amapola, demanda Gabriel brusquement, tu connais cet homme qui vend des petits sacs et des pots de je ne sais pas quoi ?

— C'est le marchand d'orviétan. Il est arrivé d'Italie avec des remèdes qui soignent toutes les maladies et qui font même des miracles.

— Il le dit !

— N'est-ce pas suffisant ?

Elle partit, dans un parfum de lilas et le balancement de son jupon rouge. La première branche vendue était un début encourageant. Et, parce que Amapola était belle, et jeune, et gaie de nature avec pourtant une gravité acquise aux aspérités de la vie, elle ne se décourageait jamais.

Gabriel s'approcha de l'homme qui avait revêtu maintenant une longue robe noire et s'était coiffé d'un chapeau pointu à grosse boucle, comme en portaient les médecins de la ville. Il affichait une mine froide, impénétrable. Il aurait pu ainsi éloigner les badauds attirés par les boniments débridés des autres vendeurs d'excentriques merveilles. Il avait aussi l'œil sombre et le geste retenu, alors qu'autour de lui ce n'étaient que cabrioles et appels du pied, petits singes agités et chèvres frappant du sabot. Le chaland se laissait prendre à son attitude distante. Les sachets et les pots précautionneusement fermés y gagnaient en mystère. On les regardait d'un air intrigué. On essayait de capter des odeurs, on espérait des guérisons en évaluant la dépense. L'espoir était proportionnel aux douleurs de la goutte qui rongeait les orteils, aux tourments qui bouleversaient des ventres, aux migraines tenaces et aux frissons de fièvre annonciateurs de maux plus redoutables encore.

[...]

Composition : Francisco *Compo*
61290 Longny-au-Perche

Imprimé en France par CPI
en février 2016
N° d'impression : 3014815

Date initiale de dépôt légal : janvier 2003.
Dépôt légal de la nouvelle édition : janvier 2010.
Suite du premier tirage : février 2016.

Pocket Jeunesse, une marque d'Univers Poche,
est un éditeur qui s'engage pour
la préservation de son environnement
et qui utilise du papier fabriqué à partir
de bois provenant de forêts gérées
de manière responsable.

12, avenue d'Italie – 75627 PARIS Cedex 13